Les tigres ne mangent pas les étoiles

Illustration de couverture : © Héla Chelli

www.elyzad.com

Cécile Oumhani

Les tigres ne mangent pas les étoiles

roman

elyzad

யாதும் ஊரே யாவரும் கேளிர்

Toutes les villes sont nos villes natales,
tous les hommes sont nos parents.

Kaniyan Pungundranar*

* Poète tamoul du VIe siècle avant notre ère, de l'époque Sangam. Kaniyan Pungundranar est cité dans la notice finale de *Comme la pluie qui tombe sur la terre rouge*, recueil traduit par Geetha Ganapathy-Doré, Po&Psy, Érès, 2016.

L'odeur de l'argile et des épis
après la pluie
Les effluves de menthe le long
des berges de la rivière
Le parfum entêtant du jasmin
la nuit

Au moment de fuir
lequel devrais-je glisser
dans mes affaires pour que sur la route tortueuse
du destin
*je ne perde pas mon pays**

Somaia Ramish

* « Au moment de fuir », poème traduit de l'anglais par l'autrice depuis la traduction du persan (Afghanistan) de Sholeh Wolpé, revue Apulée #8, Zulma, 2023.

1

L'Autriche, la Bulgarie, la Turquie... Nous survolerons Damas puis l'Irak, a annoncé le pilote. Nous étions fin novembre 2012. Je suivais le vol de l'avion sur l'écran, fascinée de lire les noms de villes et de pays où je n'étais jamais allée. L'après-midi, une bande sombre est apparue à droite vers l'Asie, là où la planète s'endormait. L'avion s'y enfonçait et je m'y engloutissais avec lui. Ces ténèbres incarnaient pour moi le passé de mon père et son enfance en Inde. La Terre tourne, avec ce qui est présent à un point du globe et ce qui est déjà fini à un autre. J'étais prise de vertige. Sûrement quelque chose demeurait de mon père, là-bas dans l'immense zone opaque où j'allais me fondre, jusqu'aux profondeurs du sous-continent indien. Un territoire s'entrouvrait pour que déferle un océan perdu.

Les lueurs de villes inconnues s'égrenaient au hublot. Elles brasillaient dans toutes les nuances du feu et de l'orangé. D'impalpables toiles étendaient leurs trames. Rocades, pistes d'aéroports, torchères de champs pétroliers. Des milliers de maisons pour autant de vies anonymes, flammèches aussi brèves que des souffles. Les récentes étaient bâties au-dessus des anciennes, selon des plans et des périmètres séculaires. Elles étaient encerclées par une obscurité sans fond. Rêves et désirs s'y logeaient pour forcer de fragiles trouées sous le ciel, dès le retour de l'aube. Les paysages affleuraient, portés par de minuscules points lumineux. Ils me rappelaient les vues aériennes dont les archéologues exhument le dessin d'anciennes constructions pour reconstituer la géographie et l'histoire secrète des villes.

La lune a commencé de luire sur le Tigre et l'Euphrate. De longues fissures gris acier se découpaient dans le noir. J'ai pensé aux vers du poète irakien es-Sayyâb. *Tes yeux / deux palmeraies à l'aurore / ou deux balcons dont va s'éloignant la lune, / tes yeux, quand ils sourient, / les vignes de feuilles se couvrent / et dansent les lueurs... comme des lunes / sur un fleuve / où bat à l'aube, faiblement, une rame. / On dirait que dans tes yeux les étoiles frissonnent**. Ce soir, il n'y avait qu'une lune sur les deux fleuves et c'était la terre qui était semée d'astres. Leurs veines argentées coulaient sur les terres où naquit l'écriture, à Uruk, Suse et

* « La chanson de la pluie » dans *Les poèmes de Djaykour*, Badr Chaker es-Sayyâb, traduits de l'arabe par Salah Stétié et Kadhim Jihad, Fata Morgana, 2000.

Nish. Rien ne cesse d'être. Tout est infinie mouvance. Les doigts armés du calame qui incisèrent l'argile de mille cunéiformes n'ont pas disparu. Les tablettes ont gardé leurs ondes de choc. Pression d'un index animé par la joie, la colère, ou la tristesse. Empreinte d'une chair traversée de sang, d'élans et de passions… Des chemins sans nombre s'arrêtent partout à chaque instant, mais ils ne s'effacent pas. Nous oublions simplement leur trace. Parfois elles reviennent nous éblouir, au moment où on ne les attend plus. En partant au bout du monde, j'allais rejoindre un passé endormi derrière les étoiles.

***

2

« Non, il n'y a pas de départ pour Chennai avant demain après-midi. » L'homme a tapé un grand coup sur le comptoir, excédé. « Je veux deux places pour n'importe quelle ville en Inde. Tout de suite… » Sa femme chuchotait doucement à son oreille, en ramenant sur son épaule un bout de sari violet. La souris patinait sur le tapis de l'employée de la compagnie aérienne. « J'ai deux places pour Mumbai… Mais là-bas, vous allez devoir attendre plusieurs heures le vol pour Chennai. » J'ai cru que l'homme allait exploser. Essoufflé comme un coureur de fond sur la dernière ligne droite, il a déboutonné le col de sa chemise. « Oui, mettez-nous sur ce vol. Il est hors de question que nous restions ici… »

Moi, je me voyais mal débarquer en pleine nuit à des centaines de kilomètres de Chennai. L'idée que mon voyage s'interrompe ici à Bahreïn pour une correspondance ratée m'était insupportable. « Et qu'est-ce que je vais faire ? Dormir à l'aéroport sur une banquette ? » La femme m'a dévisagée avec froideur. « Vous serez hébergée au Silver Jasmine Hotel. »

Un nouveau billet en main, je me suis engouffrée dans un couloir de verre, où s'entassait le flot des étrangers fraîchement atterris à Bahreïn. Les zigzags de la ligne d'attente avaient des allures de labyrinthe. File presque exclusivement masculine. Expressions graves, empreintes de lassitude. Traits burinés par les intempéries, ridés par les années, ou à l'inverse, fragiles et quasi enfantins. Indiens. Bangladais. Sri-Lankais. Je comprenais maintenant la colère du voyageur qui n'aurait pas posé sa valise à Bahreïn, ne fût-ce que quelques heures. Qu'avait-il entendu ou lu de ces destins d'immigrés ? Ou l'avait-il lui-même vécu un jour ? Tant de secrets se dissimulaient sous les élégants drapés des étoffes. Pétales de fleurs froissées, gâteau enveloppé dans un mouchoir au fond d'une poche, offrandes des êtres aimés qu'on vient de quitter, parce que c'est la fin des vacances. Une fois tous les deux ans.

L'homme au guichet a feuilleté mon passeport et m'a observée d'un air soupçonneux. Pour qui elle se prend celle-là ? Elle débarque comme si la terre entière lui appartenait. Et elle voyage seule, en plus. Sa chaise a grincé sur le sol, quand il s'est levé en brandissant mon passeport et mon billet d'avion. Il ne m'a rien dit, ni pourquoi, ni où je pourrais patienter. Une lumière blafarde suintait au-dessus de moi. Le cortège de gens ne tarissait pas et le choc des tampons résonnait comme un marteau sur une chaîne d'assemblage.

Au bout de ce qui ressemblait à une éternité, le policier est revenu avec un visa. On m'a aiguillée vers une salle encombrée de valises, de paquets mal ficelés et de cartons éventrés, où je devais récupérer mon bien.

***

3

Une nuit criblée de lueurs électriques cernait l'espace vitré dont je franchissais le seuil. À cette heure-ci, j'aurais dû être confortablement calée dans le fauteuil d'un avion pour Chennai. Je rechignais à me glisser à l'intérieur d'un endroit dont l'abord avait été si hostile. C'était ici que mes plans avaient été contrecarrés. Ensuite, à tort ou à raison, j'étais persuadée qu'il ne voulait pas de moi, que je n'y avais pas de place. Je n'étais pas enveloppée d'une quelconque étoffe qui aurait en quelque sorte excusé mon passage. Où irais-je m'asseoir pour attendre cette voiture dont on m'avait expliqué au guichet de la compagnie aérienne qu'elle me conduirait à l'hôtel ?

Je me suis avancée vers une place libre, sur l'une des banquettes alignées dans la salle des arrivées, à côté d'une femme drapée de noir. Mon instinct me soufflait que sa proximité me donnerait une sorte de légitimité.

« Je peux m'asseoir à côté de vous ? » Souriante, elle a engagé la conversation. Sa fille, étudiante à

Londres, arrivait ce soir pour les vacances de fin d'année. La douceur de la voix de l'inconnue dessinait autour de nous un cercle d'amabilité où me blottir. « Et ils vont vous loger où ?… Ah, le Silver Jasmine, c'est bien. » Puis elle a repris : « Vous serez bien là-bas », dénichant le mantra qu'il me fallait. Elle m'a confié qu'elle était philippine. Oui, elle vivait ici depuis bientôt quarante ans. Ainsi, elle avait un jour traversé la moitié de la planète pour se poser dans cet aéroport. Un séjour pour la vie, même si ici ne deviendrait jamais tout à fait chez elle. À tâtons, à l'envers de chacune de ses paroles, je palpais l'étendue de l'éloignement. « Mon mari est de Bahreïn. Je l'ai rencontré lorsque je suis venue travailler à Manama. » Comment se recomposent les parts de ce que l'on est, quand un tel océan s'est installé à l'intérieur des souvenirs d'un avant si lointain ? Mais toujours là, quelque part à l'est de l'horizon. La sécurité matérielle, quand on ne l'a pas connue avant, réconcilie avec n'importe quelle séparation. Réconcilie-t-elle avec toutes les concessions ? Je ne le lui ai pas demandé. Elle attendait sa fille, ce qui donnait à ce lieu la valeur d'un ancrage, d'une appartenance. À travers un homme.

***

4

Les relents de tabac froid qui imprégnaient les sièges de la voiture me soulevaient le cœur. Le chauffeur attendait à l'extérieur, sa cigarette à la main. Une femme s'est approchée. Sans un mot, il a pris sa valise et son sac. Elle ressemblait à une statue grecque, sous son voile d'un vert éclatant, assorti à la couleur de ses yeux. Son front était couvert d'une étoffe crème rehaussée de paillettes. Elle m'a saluée d'un geste, puis elle s'est assise à côté de moi, en arrangeant avec soin les plis de l'étoffe qui l'enveloppait. Je n'aurais su dire de quel pays elle venait. Mais la sévérité de son expression suggérait des soucis ou ce malaise qui s'était emparé de moi tout à l'heure.

À la sortie de l'aéroport, une mitrailleuse était dressée en plein carrefour, prête au feu. Un déluge de souvenirs s'est abattu sur moi. Des images à la télévision... Les soldats tiraient sur les manifestants. Les figures d'un jeu de massacre, des fétus de paille éparpillés sur la chaussée. Les impacts de balle, les blessures, on ne les voyait pas. Il faisait sombre et les cameramen étaient trop loin. Les tirs reprenaient de plus belle. On assistait, impuissants, à une scène qui se déroulait à des milliers de kilomètres. Les jeunes gens résistaient, emportés par leur rêve de liberté. Paralysée, j'écoutais les commentaires du journaliste. Plus la voiture roulait, plus j'étais certaine de reconnaître un des lieux où les printemps arabes avaient été réprimés dans le sang. J'étais glacée et je frissonnais, au point d'en avoir oublié l'inconnue. Pas plus que moi, elle ne desserrait les dents.

Un panneau indiquait la frontière saoudienne, à une trentaine de kilomètres. La menace toute proche d'un pays que j'associais à une misogynie séculaire planait sur nous. Lire son nom au bord de la route suffisait à me plonger à l'intérieur d'un boyau étroit, où, ma voisine et moi, nous allions devoir nous faufiler en apnée. Inquiète et assombrie, elle était claquemurée dans ses pensées.

L'enseigne de l'hôtel Silver Jasmine a surgi, abondamment éclairée face à un ciel d'encre. Le chauffeur a descendu nos bagages. En gravissant les marches de l'entrée, j'ai croisé un groupe d'hommes. Amincis par l'âge, ils flottaient dans leur salwar et leur kameez, cette tunique et ce pantalon que mon père avait si souvent portés en Inde. Ceux-ci étaient de couleur blanche, selon l'usage pour se rendre au pèlerinage de La Mecque. Les amples cotonnades resplendissaient dans la nuit.

Pakistanais ou Indiens… Mon père avait-il aussi croisé des pèlerins, lors de son dernier voyage vers l'Europe, à l'âge de sept ans ? Il se rappelait la chaleur suffocante, alors que le paquebot remontait la mer Rouge vers le canal de Suez, après une escale à Aden.

Les réceptionnistes philippines étaient habillées d'une minijupe qui montrait le haut de leurs cuisses moulées dans un collant transparent. Je n'aurais guère apprécié de devoir travailler ainsi, surtout face à des hommes venus du pays frontalier. Là-bas, sortis de leur maison, ils n'apercevaient du sexe opposé que des formes cachées sous une épaisse abaya.

Les traits de celle qui s'est approchée avaient une rondeur aimable. Elle m'a remis la clef de ma chambre, après avoir pris mon passeport.

« Si, si… On vous le rendra demain matin.

— Et s'il m'arrivait quelque chose, comment saurait-on qui j'étais, d'où je venais ?

— Juste pour quelques heures », a-t-elle précisé, avec un sourire. Elle m'a ensuite suggéré de déposer mes bagages dans ma chambre, puis d'aller me restaurer à la cafétéria. C'était convenu avec la compagnie aérienne.

***

*Je leur posai enfin ma question : — Mes jeunes amis, dites-moi : qu'est-ce que l'exil ? Ils éclatèrent de rire. — Tu es fou ! Si tu n'as rien à faire, viens avec nous. On va ramasser des branches sèches dans la vallée, allumer un grand feu et s'asseoir tous autour. Si tu as une histoire, tant mieux. Sinon, eh bien, nous, on t'en racontera… Il était impossible d'exiler ces enfants. Habitants de l'univers, leur patrie était infinie**.

Sayd Bahodine Majrouh

* *Le Rire des amants, Ego-Monstre II,* traduit du persan (Afghanistan) par Serge Sautreau, Phébus, 1991.

Aujourd'hui
le roi est sans toit
Il vient à moi
et pleure
Je le console
*avec une chanson**

Rose Ausländer

* « Consolation », dans *Je compte les étoiles de mes mots*, poèmes traduits de l'allemand par Edmond Verroul, Éditions Héros-Limite, 2011.

5

La salle avait l'allure d'un bocal dont on a oublié de changer l'eau. Je me suis servie de salades composées dans des plats quasiment vides. Une femme s'est dirigée vers ma table. La passagère de la voiture était là, plantée devant moi. Je ne l'avais pas reconnue, défaite de son voile vert et de l'étoffe crème sur son front.

« Je peux m'asseoir ? » Son anglais était hésitant, mais parfaitement compréhensible. Comme si j'attendais d'elle une explication, elle a ajouté : « Vous savez, c'est la première fois de ma vie que je passe la nuit seule dans un hôtel. J'ai raté ma correspondance pour Kaboul. Mon père est gravement malade. » Ses yeux noirs ont scintillé, traversés par un éclair.

Le passé s'abattait sur moi d'un seul coup. « Oui, je viens de perdre le mien. Ce n'est pas facile de s'occuper de parents âgés, quand on habite loin. » Une croûte qu'on arrache à une plaie encore vive… Les souvenirs déferlaient, âcres et chargés de sable. Dans l'Antiquité, on tuait le porteur de mauvaises nouvelles. Et que faisait-on de ceux qui les ravivaient ?

Éloigne-t-on ce qui vous hante en fuyant au bout du monde ? J'avais cru que je laisserais une part de mon fardeau à chaque étape de mon voyage, prévue ou pas. J'étais partie, persuadée de retrouver un signe, un écho, n'importe quoi qui m'apaiserait, comme par enchantement. Et voilà que cette inconnue s'asseyait en face de moi. Certes, nous avions pris la même voiture pour venir de l'aéroport. Mais cela l'autorisait-elle à me déballer sa vie ? Elle piquait distraitement dans son assiette. La bague en argent sur sa main brillait dans la pénombre. L'œil grand ouvert de la pierre bleue qui y était enchâssée me narguait. Ses longs doigts s'étaient déplacés depuis le bord de l'assiette pour fouailler sans pitié l'intérieur de mon cœur. Elle, sa famille, je ne les connaissais ni d'Ève ni d'Adam. Qu'un de ses membres survive ou pas, cela m'était bien égal. J'ai failli changer de place sur-le-champ.

Le buste droit sur sa chaise, elle déversait un flot de paroles, sur son voyage, sur les gens à côté d'elle dans l'avion. Un feu intérieur la dévorait. Elle posait et reposait ses couverts, s'interrompait, cherchait un mot, précisait une tournure. Lorsqu'elle m'a dit qu'elle vivait à Berlin depuis des années, j'ai commencé à lui répondre en allemand. Je l'ai fait presque machinalement, sans réfléchir.

Son visage s'est éclairé. Elle venait de marquer un point. Curieusement le nuage d'orage qui m'assombrissait se levait et je me suis mise à l'écouter, à l'écouter vraiment. Était-ce sa plus grande aisance à manier l'allemand ? Désormais personne dans la salle ne pourrait suivre notre conversation. La probabilité pour que les quelques clients ou le personnel maîtrisent l'allemand était faible. Une langue qui n'était ni la sienne ni la mienne nous accueillait là où recréer une sorte d'intimité. Serait-elle porteuse de tiédeur et de réconfort dans notre isolement, bien que tout ait si mal commencé ? J'étais épuisée et mes yeux me brûlaient.

« Je n'ai pas l'habitude de m'habiller comme je l'étais tout à l'heure dans la voiture. Vous comprenez, je voyage seule… Là-bas en Allemagne, je travaille dans un hôpital. »

Elle m'a expliqué que, dans son pays, les routes de montagne étaient à peine praticables. Affronter les tempêtes de neige en zone de guerre pour se rendre au chevet de son père, c'était comme passer les portes de l'enfer. Son visage s'est rembruni. « Aller là-bas, c'est de la folie. Je préfère ne pas y penser. » J'ai eu envie de lui rétorquer : « Alors pourquoi êtes-vous partie ? »

Qu'elle retourne chez elle, malgré la saison et le danger, cela ne regardait qu'elle. Moi, j'avais laissé mon chez-moi pour toujours. Ma maison était aussi vide que la coquille d'un escargot. Je l'avais fermée à clef, non sans avoir dépoussiéré avec soin le tapis dont les étranges motifs floraux m'avaient fait rêver, pendant mon enfance. Il venait d'un autre pays, me répétait ma mère, avant d'ajouter, là où ton père a passé ses premières années. J'avais replacé les chaises autour de la vieille table ronde. Puis j'étais allée à la cuisine laver la vaisselle. C'est là que j'ai remarqué la fêlure grise au fond de l'évier. Un trait fulgurant m'a transpercée. Cet évier, cette trace laissée par une casserole échappée des mains de ma mère, je les connaissais depuis toujours. Ils appartenaient à une scène dont les pièces centrales étaient désormais manquantes. Elle avait perdu son équilibre et elle partait à la dérive. À qui aurais-je pu confier ça ? Les paroles de l'inconnue pianotaient sur ma chair à vif. De toute façon, je n'avais pas les nuances de l'allemand pour l'exprimer. Et si je les avais eues, les mots se seraient embourbés dans ma bouche. Ceux que j'avais dans ma propre langue tapaient contre mes côtes.

L'inconnue devait penser que je manquais vraiment d'empathie. Elle a sorti de son portefeuille une photo en noir et blanc. Ses coudes sur la table pointaient sous son cardigan, minces et fragiles. On aurait dit une fillette en mal d'affection, prête à tout pour attirer l'attention des adultes. Deux petits garçons de taille identique étaient debout devant l'objectif. Ils portaient une large tunique de cotonnade. Sous leur bonnet brodé, ils pétillaient de vivacité, deux poulains impatients de retourner à leur prairie.

Qui étaient-ils ? Pas ses fils. Le cliché était trop ancien. Elle était suspendue à mes lèvres et son visage trahissait un rien d'inquiétude.

« Si, si, c'est moi. Et lui, c'est mon frère jumeau. »

Je reconnaissais l'ovale de sa figure et sa bouche. Curieux comme ce que nous sommes est déjà là, inscrit dès le début. Je l'avais ressenti avant de partir, en retrouvant un portrait de mon père bambin, un chaton dans les bras. L'arc d'un chemin évanoui… Mais ma voisine de table était bien là. Son père, elle l'avait encore. Il était en vie, même s'il était malade. Alors, elle ne pouvait pas comprendre.

« C'est un beau souvenir que vous me montrez là. »

Elle a précisé que cette photo, c'était ce qui lui restait d'un monde disparu et elle s'y accrochait comme à un bout d'île perdu sur l'océan. Un mouchoir de terre où garder ses pieds au sec… Si ce monde-là n'avait pas sombré, tout aurait été différent.

Pulvérisée de fatigue, je dodelinais de la tête.

« Vous ne voulez pas goûter un peu de raisin ? Il est délicieux. »

Elle m'a tendu quelques grains dorés.

« Avec mon frère, on jouait beaucoup au cerf-volant. J'adorais ça. Au-dessus de la ville, vous n'imaginez pas les couleurs. Ils se dispersaient dans les airs comme des oiseaux… Lorsque l'un d'entre eux s'échappait, on entendait des exclamations de déception. En face, c'étaient des cris de joie qui leur répondaient. Sur la photo, je dois avoir huit ou neuf ans. Nous étions en Afghanistan. À cette époque-là, nous ne vivions plus en Inde. »

J'ai sursauté, arrachée à ma fatigue. Le nom d'un pays et voilà que je glissais, aspirée à l'intérieur d'une spirale qui s'entrouvrait sous mes pieds. Chacune de ses phrases soulevait une gerbe d'étincelles et elles allaient m'arracher des larmes. Les images se mélangeaient dans ma tête, au-delà des lieux et des temps. Les cerfs-volants ! Si mon père m'en avait parlé… Il adorait en faire voler avec Ramesh, le fils du mali, le jardinier de ses parents. L'ayah qui veillait sur lui avec des trésors de dévouement avait beau les appeler depuis la véranda qui surplombait les collines vertes plantées de théiers, ils ne lui prêtaient aucune attention. Une fois la nuit tombée, ils se décidaient à revenir, contraints par l'obscurité où ils n'y voyaient goutte. Hors d'haleine, ils se séparaient jusqu'au lendemain matin. L'auréole claire de la chemise de Ramesh disparaissait parmi les arbres bruissant d'oiseaux, alors qu'il s'éloignait au fond du jardin. L'ayah attendait que l'enfant ait eu le temps d'arriver chez lui, au cas où il aurait croisé un animal sauvage. Il y avait des kraits, ces serpents dont la morsure aurait été fatale. Une panthère aussi s'aventurait parfois jusqu'aux abords des habitations. Un jour, un tigre avait emporté une jeune femme qui revenait de son travail à la plantation. Mon père l'avait appris par le mali et le garçonnet qu'il était alors en avait été terrorisé. Seule son ayah parvint à le rassurer en lui disant : « Les tigres ne mangent pas les étoiles. C'est impossible. Elles seront toujours là, à veiller sur nous. » Mon père aimait à répéter cette phrase, comme si à elle seule, elle déjouait les dangers.

Je crois que c'est à ce moment-là que l'inconnue m'a dit qu'elle s'appelait Meena. J'ai songé à ce qu'elle et mon père auraient eu à se dire, s'il avait été à notre table dans cette cafétéria d'hôtel au Moyen-Orient. Il y avait tant de détails concernant les cerfs-volants que j'ignorais. Ils lui avaient été au moins aussi familiers qu'à elle. L'art de les faire voler, celui de poursuivre l'adversaire, leur fragile beauté. Je repensais aux lanternes de papier qu'il accrochait avec Ramesh, les soirs de Diwali. Le ciel autour d'eux resplendissait de lumières. La magie des feux d'artifice qu'on tirait pour l'occasion ne l'avait pas quitté. Il suffisait qu'il l'évoque pour la ranimer et me la transmettre, bien que je n'aie jamais assisté à ces fêtes.

« Mon histoire vous captive, on dirait.

— Vous venez de dire que vous aviez vécu en Inde. C'est là que mon père est né et qu'il a passé son enfance. Alors c'est forcément très émouvant pour moi. Cela lui aurait plu de vous rencontrer aujourd'hui. »

Ses souvenirs d'Inde l'avaient accompagné jusqu'à la fin. Ils étaient la doublure de son quotidien. Leur éclat ne s'était pas terni. Je revoyais la caisse de bois installée dans un coin de la véranda autour de la maison. Il allait y dessiner mille sortes de choses. De petits perroquets verts, des buffles, des clématites sauvages… Comme si je les avais vus de mes propres yeux. Les paysages, la chaleur de l'été vibraient devant moi rien qu'à l'écouter. Il m'avait communiqué son émerveillement et sa nostalgie d'un paradis perdu. Il n'avait eu que sa mémoire et quelques histoires pour tenter d'en ravauder l'étoffe. Les parfums et les couleurs continuaient de me manquer, quels que soient mes efforts pour imaginer, essayer de rejoindre ce qui avait été le territoire de son enfance.

***

6

J'avais été tentée de fuir cette femme, avant qu'elle ne prononce le mot « Inde ». L'étrangeté de son accent conférait une touche indéfinissable à l'allemand que nous utilisions. Il le métamorphosait, en ralentissait joliment le phrasé et me captivait au-delà de mon épuisement. La collerette soyeuse du chemisier qui lui enserrait le cou devenait une sorte de source vive d'où jaillissait le chant de cette humanité que nous avons en partage. Tout était parti d'une vieille photo qu'elle avait tenu à me montrer.

« Mais comment se fait-il que vous ayez vécu en Inde, avant d'aller en Afghanistan ? Vous m'avez dit que vos parents étaient afghans.

— C'est un peu long à raconter. Vous ne savez sans doute pas ce que c'est qu'un kabuliwala. Je ne vous demande pas si vous avez vu le film *Kabuliwala* ou lu la nouvelle de Tagore dont il est inspiré. Mon père, mon grand-père et mon arrière-grand-père étaient des kabuliwalas. Sinon je ne serais pas née en Inde. C'est dans ce pays que je me suis faite, avec tous mes rêves, avant que la vie ne me ballote à travers le monde. »

Je crois que Meena était contente d'avoir trouvé une interlocutrice aussi fervente de l'Inde que moi. Ses yeux brillaient et sa voix s'animait.

« Les kabuliwalas sont des marchands ambulants. Mon arrière-grand-père, puis son fils après lui, prenait une fois l'an la route de Calcutta. Il fallait attendre la fonte des neiges pour traverser l'Hindou Kouch, à pied, aux côtés de leurs chameaux chargés d'abricots, de raisins secs et d'épices comme l'asafoetida. En certains endroits, les gorges étaient si étroites qu'un seul animal pouvait passer à la fois. L'animation dans les caravansérails où ils s'arrêtaient était un spectacle extraordinaire. Mon grand-père parlait de ces attroupements de chameaux qui blatéraient et piétinaient, au milieu d'une profusion de marchandises plus éblouissantes les unes que les autres, soieries éclatantes, tapis brodés et lapis-lazuli. Des chevaux aux flancs luisants piaffaient et hennissaient dans la foule. Le voyage était périlleux. Plusieurs fois, il avait vu les montagnes s'assombrir, ensevelies en quelques instants dans d'épaisses volutes de sable. Il arrivait que des blocs rocheux se détachent et écrasent des caravaniers malchanceux. Mais ce qui lui restait à lui tant d'années après, c'était le souvenir de son cœur lourd de devoir laisser sa famille pour de longs mois. Chez nous, on racontait que, peu après l'un des départs de son mari, ma grand-mère avait été prise de violentes douleurs. C'est ainsi que mon père est né, bien avant terme. Elle n'avait pas supporté que son mari s'en aille une autre fois. En tout cas, c'est ce qu'on disait à la maison. Car mon grand-père n'en parlait pas. Lorsqu'il est revenu, joyeux de retrouver les siens, sa silhouette se dressait debout dans la cour, revêtue de sa longue robe carmin. Elle tenait dans ses bras un enfant. Submergé par une émotion qu'il n'avait pas éprouvée lors des précédentes naissances, il s'est juré qu'il réussirait à emmener sa famille avec lui. Ils s'installeraient en Inde. Il n'y aurait plus ces interminables saisons où l'on vivait loin les uns des autres, sans savoir qui naissait et qui mourait. Je l'ai peu connu, mais si je suis née là-bas, c'est grâce à lui. Que d'efforts pour réaliser son rêve ! Ses chemins l'ont mené jusqu'au sud de l'Inde, là où poussent les théiers, les poivriers et bien d'autres épices sur la côte de Malabar. Il avait entendu un homme expliquer qu'un kilo de poivre suffisait à le mettre à l'abri du besoin. Mon grand-père était quelqu'un de persévérant et de déterminé.

Mon enfance dans le Kerala a eu le goût du bonheur. Je revois les lianes de poivrier s'entortiller partout autour des troncs. Le ciel n'était plus qu'une petite tache claire perdue dans la verdure, très loin au-dessus de moi. En février, ma mère égrenait les grappes nouvellement cueillies et puis elle étalait les graines sur des nattes où elle les laissait sécher. J'aimais leur jolie couleur rouge. Mais elle disparaissait vite, très vite, et les graines devenaient brunes et fripées. Si je pressais mon ongle sur l'une d'elles, une odeur forte et piquante me remplissait les narines. Je trouvais ce brun très laid. Mon père me faisait alors remarquer que c'était de l'or qui reposait dans notre cour.

Son jeune frère Zaafar nous rejoignait chaque année, avec d'impressionnantes quantités d'abricots, de figues séchées, d'amandes et de pistaches. Les gens en achetaient beaucoup pour les réceptions de mariages. Il repartait avant l'hiver avec du poivre noir et du thé qu'il vendait en Afghanistan. C'était toujours la fête quand notre oncle était là. Il nous gâtait avec ses fruits secs, mais surtout c'était un homme qui avait le don d'amuser les enfants.

Pendant la saison chaude, ma mère et moi, nous rafraîchissions le sol avec un peu d'eau. À peine l'avions-nous aspergée qu'elle s'évaporait.

J'adorais aller à la balançoire accrochée à la branche d'un margousier derrière la maison. Je guettais le moment où mon cœur semblait se décrocher, tandis que j'étais projetée vers l'avant. L'avenir donnait-il cette sensation-là quand on s'en approchait ? La vie, elle aurait la douceur des lignes de ces collines qui se paraient avant l'aube d'impalpables brumes. Oui, ce serait comme ça… Bientôt, nous disposions les matelas et ma mère servait le thé, discrète comme une ombre. Plus il était sucré, plus ça me plaisait. Les modulations du chant des oiseaux tropicaux se mêlaient à la musique qu'écoutait mon père, enfermé dans ses pensées, tout en tirant des bouffées de sa pipe à eau. J'en reconnaîtrais l'odeur de miel et de tabac entre mille. "*Imshab dil-e man ghusa daarad…* Ce soir, mon cœur est rempli de tristesse." Il ne se lassait pas de ce poème de Sayeh, chanté par Ahmad Zahir, "le rossignol d'Afghanistan". Les modulations plaintives de l'harmonium rythmé par le tabla s'accordaient à la nuit. "*Imshab ba qissa-e dil-e man gosh maikunee…* Ce soir c'est l'histoire de mon cœur que vous entendez."

Quand c'était l'heure de s'endormir, je m'allongeais, émerveillée par le spectacle du ciel au-dessus de nos têtes. Les singes dans les arbres cessaient de se chamailler. Derrière la ligne sombre des collines, je devinais une profusion de vallées, de versants, plus étourdissants les uns que les autres. Mon père nous avait expliqué que notre arrière-grand-père et notre grand-père se guidaient avec les étoiles, à travers les montagnes et les steppes, lorsqu'ils prenaient la route du Bengale. L'univers était une interminable suite d'espaces dont personne ne soupçonnait l'étendue. Des cases contiguës, où l'on progressait pas à pas, toujours plus loin.

Mon père nous parlait aussi des boussoles et des astrolabes qu'utilisaient les marins des siècles passés pour rejoindre la côte de Malabar, où on s'aventurait déjà de très loin pour le commerce des épices.

Vous n'avez pas envie de prendre un thé ? Je me demande s'ils ont du Earl Grey ici. »

Avant même que je lui aie répondu, elle avait fait signe au garçon.

Il avait sans doute constaté que le buffet était quelque peu dégarni. Et il a posé sur la table une assiette avec des loukoums joliment arrangés. Les ondes de notre conversation avaient dû parvenir jusqu'à lui. Il n'y a pas de frontières pour les douceurs.

Les souvenirs de Meena résonnaient. La saveur sucrée se dispersait dans ma bouche, au fur et à mesure que fondait la pâte tendre et moelleuse. Le parfum de rose réjouissait mon palais.

Le regard de Meena était noyé dans l'ombre.

« Car rien de cela n'a duré. Qu'est-ce qui résiste à une tornade ? Nous n'avons pas pu rester en Inde. Et jusqu'à aujourd'hui, j'ai du mal à comprendre comment c'est arrivé. Mon père gardait toujours ses soucis pour lui. »

J'ai repensé au mien sur le bateau qui l'emmenait en Europe. On lui avait dit qu'il était grand maintenant… Une explication qui devait tout justifier, même aller en pension, ne plus entendre sa mère lui lire *The Old Willow Tree* le soir, ou jouer avec Ramesh et déguster avec lui du kesari les jours de fête. L'ours débonnaire assis sous un chêne au bord de l'eau, la saveur du gâteau de semoule joliment safrané, les adultes l'en avaient exclu à jamais.

***

7

« Ma mère était en train de rassembler nos affaires. Des étoffes sens dessus dessous empilées sur le lit. Les larmes coulaient de ses paupières baissées. Une mer était en tempête dans notre maison. Moi, je me blottissais par terre, en face de l'étagère où elle posait son pot de crème *Afghan Snow*, à côté d'une fiole de khôl, d'un peigne et d'une brosse à cheveux. Le verre bleu cobalt portait une jolie étiquette où se découpaient des montagnes enneigées face à un ciel bleu azur. Je m'étais souvent demandé ce que c'était que la neige. Comme la crème blanche et légère que ma mère appliquait en petites touches sur son visage ? Avait-elle l'odeur de ses joues penchées sur moi au-dessus de mon oreiller ? Et la glace, c'était gris perle comme le couvercle en aluminium qu'elle revissait une fois qu'elle avait fini ? Le pays de ma famille ressemblait-il à cette étiquette ? Avec une loupe, j'aurais sans doute retrouvé les oncles, les tantes et les cousins dont mon oncle Zaafar disait qu'ils vivaient tous là-bas. Lorsqu'elle a pris son pot d'*Afghan Snow*, j'ai regardé l'étagère vide. Mon père s'est exclamé : "Le requin… Il nous aura finalement bouffés." Nos vies se sont échappées d'un seul coup à l'intérieur d'un trou noir.

Vous n'imaginez pas combien le Kerala nous a manqué, à moi et à mon frère. On était nés là-bas. On allait à l'école là-bas. On avait nos amis, nos jeux, nos habitudes. Découvrir ce qui se cachait derrière l'étiquette de *Afghan Snow*, ça n'a pas été une mince affaire. Pourtant on savait aussi jouer au cerf-volant. Mais les enfants ont un vrai talent pour flairer ce qui n'est pas pareil. Ils n'aiment pas, si on est différent. Ajoutez à ça, l'hiver, ce froid qui nous tombait dessus… Et là où nous étions, il n'y avait plus de margousier où accrocher une balançoire. Ma mère gardait son pot de crème vide sur un napperon, en souvenir de notre bonheur en Inde. Mon père a repris pied dans le commerce, grâce à un petit sac de poivre noir qu'il avait emporté avec lui. L'oncle Zaafar s'en est allé vendre des fruits secs et de l'asafoetida à Calcutta, comme son aïeul et son père avant lui. La vie, elle finit généralement par reprendre le dessus. Elle doit continuer, malgré ce qui sommeille, emmêlé dans les images de ce qu'on a perdu.

Mon frère a accusé le coup bien plus que moi. Il était avec notre père le jour où celui-ci est allé demander un délai à l'usurier. Serré contre lui, Faiz avait senti son bras secoué de tremblements, quand il a tendu ses quelques billets. Non, le compte n'y était pas. Et il était loin d'y être, avait glapi l'homme. Mon père était ruiné. Faiz l'a vu chanceler en sortant. Des gens les fixaient avec insistance. "Encore un qui s'est fait avoir !" semblaient-ils dire en secouant la tête. Chaque pas que Faiz posait à Kaboul le renvoyait à ce souvenir. La colère couvait en lui et rien ne l'apaisait. La nuit, il grinçait des dents en dormant. Il était saisi de cauchemars qui le redressaient droit sur son lit. Ma mère avait essayé plantes et remèdes.

Bien plus tard, l'idée lui a pris de dessiner une grande carte du monde. Il découpait des feuilles et puis il les collait les unes aux autres. Il y passait des heures. Ma mère s'énervait parce qu'il semait partout des tas de petits bouts de papier qu'il fallait balayer ensuite. Des confettis, des morceaux de guirlandes... Pour lui, c'était devenu une lubie de me montrer les continents, les mers et les océans. Il les peignait d'un beau bleu turquoise. Il traçait les routes qu'on prendrait, si on retournait chez nous en Inde. Parce que pour lui, c'était encore chez nous. La terrasse, elle nous attendait là-bas. Comme si on allait y retourner, sans nos parents... Il fabriquait des moulages en carton pour l'Hindou Kouch, le Cachemire. On s'asseyait pour admirer sa carte, au fur et à mesure qu'elle s'agrandissait, en buvant du thé et en grignotant des pois chiches grillés. Vous comprenez, c'est là-bas qu'on avait grandi. Et ça ne lui est jamais sorti de la tête.

Il y a cette autre scène. Elle aurait dû nous mettre la puce à l'oreille. Nous avions poussé le plateau sous la fenêtre pour avoir plus de lumière sur notre mappemonde. Ma mère avait ouvert pour aérer. Des flocons de neige sont tombés à l'intérieur de la pièce. En fondant, ils ont délavé les couleurs. Quand je l'ai vue, elle était toute gondolée. Des régions entières s'en étaient allées. Faiz a éclaté en cris. Même la neige ne voulait pas qu'il retrouve son chemin. Nous ignorions que tout allait bientôt se gâter ici aussi. On a beau essayer, notre kismet on n'y échappe pas. »

***

Un couple s'est assis à une table pas très éloignée de la nôtre. L'homme aux cheveux argentés était dur d'oreille et sa compagne devait répéter et hausser la voix pour qu'il l'entende. À la fenêtre, la cime d'un palmier se balançait au-dessus du parking désert. L'éclairage de l'hôtel le poudrait de lueurs grisâtres. Nos mains posées sur la nappe semblaient se rejoindre. J'étais irrésistiblement aspirée par le monde où elle m'entraînait. Il était là devant moi, dans sa fascinante clarté, enclos dans le miroir de nos bras sur la nappe.

Elle s'est interrompue en triturant sa serviette.

« J'ai toujours pensé que nous étions de simples poussières au coin d'une constellation, elle-même à l'intérieur d'une galaxie. Combien y en a-t-il ? Personne ne le sait... Toute notre existence, nous imaginons et nous attendons, sous des petits bouts d'étoiles. Tout ça, pendant que le temps nous échappe et que l'horizon se resserre. »

Ses paroles me rappelaient mes réflexions dans l'avion alors que je survolais des villes inconnues, quelque part entre le Tigre et l'Euphrate. Meena, elle, contemplait les étoiles dans le ciel depuis l'enfance. Et moi, j'avais été impressionnée par celles que j'avais vues s'allumer sur la Terre à la tombée de la nuit. Je les avais scrutées avec le fol espoir que j'y retrouverais quelque chose de ce père dont la perte me lancinait, au point d'en oublier qui j'étais, d'où je venais. S'il avait disparu d'un point de la planète, j'allais forcément découvrir un fragment de lui ailleurs, à travers le pays où il avait vécu les premières années de son enfance. Nous sommes de passage, c'est un fait. Mais tout ne peut pas s'évanouir complètement.

J'ai alors tiré de mon sac une enveloppe froissée. Dedans il y avait un collier indien qui venait de la maison de mon père. Il n'avait rien d'extraordinaire avec son rang de perles noires et le petit médaillon d'argent qui pendait au milieu. Mais son histoire m'intriguait. J'aurais voulu savoir qui l'avait porté et pourquoi mon père l'avait gardé sa vie durant au fond d'une boîte à chaussures parmi d'anciennes photos. J'avais éprouvé le besoin irrationnel de l'emporter avec moi en Inde. « C'est ridicule, n'est-ce pas ? Je ne vais quand même pas croiser là-bas la personne à qui il a appartenu, tant d'années après. Ou plus exactement ses descendants. »

Un bon moment, Meena est restée pensive.

« Rien ne se perd tout à fait, tant qu'on a notre mémoire. C'est comme les morceaux d'un puzzle. Un jour, ça se met ensemble et vous ne comprenez pas pourquoi vous n'aviez pas vu plus tôt où il fallait les placer. »

***

8

« La neige avait été triste et laide. Curieux ce souvenir que j'en ai gardé… Pourtant en ville, c'est comme ça. La neige semblait belle sur l'étiquette du pot d'*Afghan Snow* de ma mère. Et elle l'est, tant qu'elle tombe. Très haut sur le flanc des montagnes, elle continue de scintiller. Dans les rues, ça se termine forcément par de la gadoue. Cet hiver-là avait été pire que les précédents.

J'arrivais au lycée avec des chaussures boueuses. En rentrant à la maison, elles étaient trempées. Et ce froid… Les images de l'Inde avaient fini par s'estomper et je n'arrivais plus à retrouver la sensation de la chaleur. Je savais juste que je l'avais eue ailleurs, dans un autre pays. Je tirais sur les manches de mon pull pour qu'elles recouvrent le dos de mes mains. Ainsi j'écrivais, sans que les lettres sur la page se déforment sous mes doigts ankylosés. Pendant les cours de physique, je n'avais aucun mal à écrire. C'était ma matière préférée. Je crois que j'aurais traversé une rivière à la fonte des glaces plutôt que de les rater.

Le soir, calée entre deux coussins, je travaillais pour l'examen d'entrée à l'université, mes jambes enroulées dans une couverture. Elle était bleu nuit et rugueuse au toucher. Je me frottais les yeux, dès que mes paupières s'alourdissaient, de crainte de m'affaler, le nez sur mon cahier.

Et puis il y a eu ce petit déjeuner de la fin avril. Nous buvions notre thé et nous mangions les galettes que ma mère avait cuites pour nous. Si je me rappelle le goût du pain ce matin-là… Comme d'habitude, nous avons refermé le portail peint de bleu derrière nous.

J'ai franchi la grille du lycée. Les filles n'avaient qu'un mot à la bouche, grève et manifestation. Nous sommes entrées en classe et la professeure de lettres nous a dit de prendre nos livres. Pas une seule élève ne s'est exécutée. Notre professeure était respectée de toutes. Elle nous incitait à réfléchir et à donner le meilleur de nous-mêmes. "Profitez de l'occasion qui vous est offerte ici d'apprendre. Le plus possible et le plus longtemps possible. Il n'y a pas d'autre façon de devenir des femmes libres." Elle nous a demandé à nouveau de sortir nos affaires. Il n'y avait pas de colère dans sa voix. Une grande fille aux yeux de braise, la plus dégourdie, s'est levée. Elle lui a rétorqué que nous ne suivrions pas un seul cours de la journée. "On va manifester. C'est notre devoir." Je la vois debout à sa table parler avec aplomb. Notre professeure s'est tue. Appuyée contre le mur, elle était près du tableau où elle avait recopié les vers de Hafez qu'elle avait prévu de commenter avec nous. *Dis-toi – si, pour deux jours, par la ronde du Temps / Tes désirs sont déçus – que son sens est changeant. / N'aie pas de peine ! / Ne désespère pas ; tu n'es pas au courant / Des secrets, ni des jeux que cache un paravent. / N'aie pas de peine !* Malgré notre refus de lui obéir, je sentais son admiration pour ses élèves. Elle récoltait ce qu'elle avait semé dans nos esprits. Des slogans résonnaient dans la pièce. Nous les scandions en tapant sur les pupitres. Nous frappions si fort que j'en avais mal aux paumes. La classe entière s'est dressée pour sortir. Mais le concierge nous avait devancées. Il avait verrouillé la porte. La pasionaria aux yeux de feu s'est précipitée vers une fenêtre. Elle en a poussé les deux battants. Une par une, nous avons enjambé le rebord et sauté dans la cour. Une formidable clameur jaillissait de nos poitrines. Elle retentissait aux alentours du lycée, où s'amassait une marée de lycéennes. Nos cœurs battaient tous à l'unisson. La révolte nous cinglait les veines. Pour la première fois, j'exprimais un point de vue en dehors du cercle de ma famille. Des feuilles de verre nous avaient isolées des lieux où l'on décidait de nos vies, de notre avenir. Et nous n'avions pas eu besoin de les briser. Juste ouvrir les deux vantaux d'une fenêtre et nous élancer un mètre plus bas. L'air d'avril m'a fouetté les joues et donné le vertige. Rien ne nous arrêterait. Surtout pas les soldats en position dans la rue pour nous barrer le passage. Il y avait bien trop de gens pour affirmer que les femmes naissaient avec à peine la moitié d'un cerveau. Et c'était insupportable.

Il y a eu une sommation. Pas une d'entre nous n'a bougé, ne serait-ce que d'un pouce. Nous étions soulevées par cette force qui couve au creux de chaque être humain sur cette planète. Celle qui vous porte jusqu'au bout de n'importe quel projet. Nous servir de la fenêtre au lieu de la porte avait suffi à redessiner nos horizons. Le soleil brillait d'une lumière crue. Il y a eu une détonation. Nassima, une camarade de classe qui était toujours au premier rang, s'est affalée contre moi. Je l'ai relevée. J'ai secoué son corps mou comme une poupée de chiffon. J'ai écarté les cheveux sur son front. "Tu es blessée. On va te soigner. On va changer le monde aujourd'hui." Une averse de pluie rouge avait trempé nos sarraus et nos écharpes. L'odeur du sang engluait mes narines. Il ruisselait sur mes poignets. Mais je refusais de comprendre que c'était la vie de Nassima qui partait et s'écoulait sur mes vêtements. "Tu ne peux pas nous laisser comme ça." Pas une de nous ne manquerait à l'arrivée. C'était impossible. Je n'avais jamais vu quelqu'un mourir, encore moins sous les balles de l'armée. Partout dans Kaboul, les lycéens manifestaient dans les rues. Partout on tirait. »

***

Meena m'a tendu une photo. « C'est elle, là au premier rang. » L'adolescente flottait dans sa blouse noire. Ses yeux s'allongeaient en amande sur un visage long et étroit. « Elle avait décidé qu'elle serait médecin. Et elle y serait arrivée. C'était une des meilleures de la classe. » À court de mots, je remuais la cuiller dans ma tasse de thé. Son tintement était tristement prosaïque. Nassima n'avait pas eu le temps. Juste celui de dire non, rien qu'une fois dans son existence.

Moi, j'allais à mon colloque, après avoir perdu un père aimant et âgé. J'avais raté un avion. Et puis quoi ? Ma petite existence se déroulait sans accrocs majeurs. Demain soir, je serais en Inde, libre d'y imaginer l'enfance de mon père, de chercher tranquillement dans les paysages de secrètes correspondances, de m'en émouvoir. À loisir, je pourrais m'interroger sur ce collier qu'il avait conservé jusqu'à la fin.

***

J'ai une fleur à la main qui se fane,
Ne sais à qui la tendre sur cette terre étrangère.*

Sayd Bahodine Majrouh

* *Le Suicide et le chant. Poésie populaire des femmes pashtounes*, traduit du pashtou (Afghanistan) par André Velter et l'auteur, Gallimard, 1994.

9

« Un coup de ciseaux a tranché ma mémoire en deux. Plus rien que du noir sur l'écran. L'épais goudron du passé m'empêtrait dès que je posais un pas. Des éclats de voix m'assaillaient. Des explosions. Des nuées de feu. Des véhicules grondaient. Ils allaient m'avaler, me broyer. J'avais oublié où je les avais vus et si c'était de moi qu'il s'agissait. Le présent s'était arrêté net. Les scènes manquantes ont dû basculer dans le puits sans fond où jusqu'à aujourd'hui, j'essaie de les rattraper.

Je me suis réveillée, transie de froid. Je ne savais plus où j'étais. Lieux et dates se mélangeaient dans ma tête. Ahmad marmonnait dans son sommeil. Je n'avais pas reconnu sa voix. Ses épaules sous la couverture se découpaient dans la pénombre. Je me suis faufilée hors de la chambre, les jambes en coton. Mon cœur s'est décroché et a traversé ma poitrine.

Quelques rais clairs s'insinuaient dans la pièce à travers le store. Ils dessinaient le contour des étagères contre le mur. Le verre dépoli de la suspension en laiton formait une étrange lune au-dessus de notre lit.

À la cuisine, mes gestes étaient ceux d'un automate. La farine à pétrir. Sa texture avait changé. Il fallait que je m'y habitue. J'essayais de penser aux galettes à cuire. Il y avait aussi l'eau que je mettais sur le gaz. L'évier où je lavais la vaisselle. Ces objets étaient là près de moi, sur la table ou dans le placard. Ils me paraissaient étranges. Je ne reconnaissais rien à la fenêtre, là où l'arête des immeubles barrait le ciel. Comment y faire tournoyer des cerfs-volants et y répandre la traîne de mes rêves ? Y en avait-il encore un seul pour moi, puisque je n'irais jamais à l'université ? Les rues se coupaient, s'entrecoupaient, hachées menu à l'infini. Et je ne vous parle pas de ces rectangles gris qui confinaient les gens dans un espace, les voitures dans un deuxième.

Si je me les rappelais, les portes d'avant, celles qui me retenaient et celles que je brûlais d'ouvrir. Mais l'échappée sur les collines du Kerala, la Voie lactée qui dessinait la voûte du soir, j'en avais perdu les couleurs. Si j'avais su, lorsque je déplaçais une pièce sur l'échiquier qui nous occupait l'été, Faiz et moi, juste sous les étoiles. Ces lignes m'avaient été douces. Ainsi que les promenades au parc avec Ahmad, la teinte orangée des jalebis, les glaces à la rose. J'aimais les jardins de Seraj ul Emarat, le palais de la lumière à Jalalabad, après notre mariage. Plus rien ne me séparait de l'horizon, quand lui et moi nous empruntions la grande allée bordée de cyprès. La brise portait le parfum des fleurs à nos narines, bien avant que nous n'ayons atteint l'orangeraie. Ahmad achetait des beignets à l'entrée et nous les mangions, assis sur l'herbe. La vieille logeuse, Gul Jan Bibi, m'avait raconté que dans ce parc, on disait de la poésie. J'avais une telle envie d'en écouter. Mes parents avaient l'habitude d'en réciter les soirs d'hiver. J'aurais aimé en parler à Ahmad. Mais à quoi bon, alors que nous vivions avec tant d'incertitudes ? Si je voyais une pierre dont la forme et la couleur me plaisaient, je m'arrêtais et je la ramassais, ce qui agaçait Ahmad. Il ne comprenait pas pourquoi je tenais tant à emporter avec moi de simples petits cailloux croisés sur mon chemin. Il ne se doutait pas du contentement que j'avais à les nettoyer, puis à les rassembler sur le plat où je les regardais. Il me semblait que j'avais le monde entre les mains. Chacun d'eux avait son histoire, comme moi j'avais la mienne. La leur remontait à la nuit des temps. »

***

10

« J'étais maintenant à Berlin-Ouest, assoiffée des eaux bleues du ciel où j'avais semé et regardé pousser les graines de mon désir. Je leur avais apporté un soin maniaque. Et je me retrouvais là, à essayer de vivre comme si rien de cela n'avait existé. Je l'avais réussi, mon examen, et brillamment. J'en voulais à mes parents de ne pas m'avoir écoutée. J'en voulais à la vie de m'avoir séparée de mon frère. Quand il est retourné vivre en Inde, quelque chose est mort en moi.

Entre chien et loup, nous avions rejoint le camion qui devait nous conduire jusqu'à la frontière pakistanaise. Nous nous sommes installés à l'arrière avec trois autres couples et leurs enfants. Le chauffeur a étendu une bâche pour nous cacher. Je n'ai aucune idée de ce qu'il avait transporté avant nous. De la viande ou des peaux de mouton… Rouler sans apercevoir ne serait-ce qu'un arbre, une maison ou un carré de lumière, je ne souhaite ça à personne. Et cet homme qu'Ahmad avait payé une fortune, il nous a finalement tous largués en rase campagne. “Vous n’avez qu’à terminer à pied. Ce n’est plus très loin.” La végétation clairsemée ne nous protégerait pas de l’hélicoptère dont j’entendais le rotor. Heureusement, j’avais mis des vêtements d’homme, leur couleur beige se fondait dans le paysage. Le bleu du chadri des trois femmes avec nous était aussi visible que du crayon-feutre sur une carte. On a marché des heures dans les montagnes, sur un sol hérissé d’éboulis blanchâtres. La mappemonde de Faiz m’est revenue en mémoire. Ni lui ni moi, nous n’avions beaucoup songé aux lignes qui séparaient un pays d’un autre. Faiz représentait les villes avec un point noir ou orange, si c’étaient des capitales. Mais il avait oublié les frontières, ceux qui les gardent et ceux qui doivent les franchir. Ni lui ni moi, nous n’avions choisi de couleur pour les guerres. Il aurait fallu des ombres en noir, en gris foncé ou bien des hachures, pour ne pas oublier la peur et l’angoisse des gens qu’elles prenaient au piège.

Et comment dessinez-vous ce qui tremble et se détache de votre ventre lorsque vous atteignez l’autre côté ? Le poste-frontière n’était plus qu’à quelques centaines de mètres en contrebas et les larmes se sont mises à couler malgré moi. Mais une partie de moi-même refusait d’avancer. J’ai eu beau penser à mon arrière-grand-père, puis à la génération suivante, à mon grand-père, eux qui empruntaient une fois par an cette route, quand ils se rendaient en Inde. Renoncer une deuxième fois à mes paysages, oublier ce que j'avais partagé avec Faiz. J'aurais donné n'importe quoi pour devenir une figurine de carton à l'intérieur d'un univers de papier sur notre mappemonde. J'y aurais été heureuse, parce qu'il nous appartenait, à moi et à Faiz. Une voiture nous a conduits jusqu'à Peshawar.

Le soleil se levait, jour après jour, sur cette attente qui vous use à petit feu. À peine débarquez-vous dans un lieu, que vous devez repartir, parce qu'on vous répète que non, vous n'avez pas les papiers qu'il faut. Et vous ne comprenez même pas lesquels vous auriez dû présenter. Vous vous demandez quand se terminera le cauchemar. Il y avait eu une succession d'aéroports. De simples hangars, puis des labyrinthes de verre et de métal. Chaque fois, la foule se pressait pour des adieux. Ahmad et moi, nous étions seuls. Autour de nous, il n'y avait que des couloirs et des marches à gravir.

Mille débris flottaient autour de mon lit. Ils s'en allaient à la dérive et s'entrechoquaient à l'intérieur de mon sommeil. Des morceaux qui ne se recolleraient pas. Ils étaient coupants au toucher. Surtout ne pas tenter d'en reformer l'image. Le médecin l'avait expliqué à Ahmad. Ils n'imaginaient pas, ni les uns ni les autres, combien je souffrais que Faiz soit sorti de ma vie, sans un au revoir. Il ne m'avait pas laissé même l'once d'un renseignement à son sujet. À quoi ça aurait servi d'essayer de le leur dire ? »

***

La longue chevelure de la femme a frôlé le sol, lorsqu'elle s'est penchée pour ramasser son écharpe, derrière sa chaise. Elle a quitté la salle, suivie de son mari. Le serveur a débarrassé les plats du buffet, dressé les tables pour le lendemain. Ma poitrine se serrait. Il ne tarderait plus à s'approcher de nous. J'avais besoin que Meena tisse sa toile jusqu'au bout. Il fallait que je continue d'oublier le vide à mes pieds. Les branches du palmier à la fenêtre s'agitaient, irréelles comme un décor de théâtre. Nous nous étions croisées dans l'incessante danse des atomes. Deux flammèches qui brillent au hasard d'une soirée, quelque part à la surface de notre planète. Devaient-elles s'éteindre avant de s'être consumées puis s'éloigner, comme si elles ne s'étaient pas croisées ?

Meena n'avait pas envie de dormir. Parler de son arrivée à Berlin réveillait de vieux démons. Prendre un somnifère, ce n'était plus dans ses habitudes. Le bar de l'hôtel restait ouvert toute la nuit. Je me suis blottie dans un fauteuil en face d'elle. Nos visages se reflétaient sur le verre fumé de la table basse. Il me rappelait les négatifs des photos argentiques d'autrefois. Mais personne ne développerait quoi que ce soit à partir de cette feuille de verre. Et rien ne subsisterait de notre rencontre, sauf les mots imprimés dans nos mémoires.

Meena avait la gorge sèche. Un serveur nous a apporté une bouteille d'eau. Derrière ses manières compassées, je devinais une curiosité insistante. Qu'est-ce qui pouvait bien pousser des femmes dans un bar à cette heure tardive ? La salle aux murs lambrissés de bois foncé était presque vide. Des spots tamisés éclairaient le crâne dégarni de trois hommes installés à distance de nous. Eux au moins n'ont pas semblé remarquer notre présence. Ils étaient trop absorbés par ce qui devait clore un repas d'affaires.

Meena a rejeté la tête en arrière. Je craignais qu'elle ne décide de terminer là son récit, avec sa dépression à Berlin. Au bout de quelques minutes, elle a repris, sur un ton plus bas. Son débit s'accélérait. Elle aussi sentait les heures se rétrécir.

***

11

« Le choc des semelles d'Ahmad à mes côtés se réverbérait. Les voix s'engouffraient à l'intérieur du serpent métallique qui cliquetait dans l'obscurité. Stations Osloerstrasse, Pankstrasse, Gesundbrunnen, les îles s'égrenaient le long d'interminables boyaux. Le vacarme se propageait dans le ventre d'une énorme baleine. Nous allions d'un arrêt au suivant, à l'aveuglette. Était-ce ça, la vie ? Les regards des passagers glissaient sur nous. Pour eux, nous étions aussi transparents que notre histoire. Ils ne la voyaient pas. Elle ne les intéressait pas.

Dehors les gens faisaient halte aux kiosques des snack-bars qui ponctuaient les rues. Ils s'y agglutinaient en grappes de couleur sombre. Accoudés au comptoir, ils humaient l'odeur des frites et des boulettes de viande qu'ils se préparaient à manger avec avidité. J'étais gelée et mes doigts se recroquevillaient dans mes poches de laine. L'hiver sur ces terres du Nord, la nuit se lève à peine quelques heures. L'avenir était une hypothétique tache de clarté au bout du chemin. Je ne savais plus où j'étais. Un entre-deux peut-être, une sorte de *no man's land*, qui n'existait pas sur la mappemonde de Faiz. Lui, il avait rejoint la terre de notre enfance, là où nous avions été si heureux. Et moi, je tâtonnais à l'affût d'une miette de souvenir. Des rayons de soleil dans ses yeux pétillants de joie, sa façon de rejeter la mèche brune sur son front. Et personne n'avait pris la peine de penser que moi aussi, j'aurais aimé retourner là-bas. Existait-il sur cette terre une carte qui nous réunirait ?

Ahmad partait très tôt travailler au parc, où il était jardinier. Je ne suis pas sûre qu'il se reconnaissait dans son nouveau rôle, lui le professeur d'histoire. Ses plans de cours étaient aussi impeccables que les cahiers d'un premier de classe. Son allure paraissait guindée à ces jeunes. Mais sa passion de transmettre était la plus forte. Son lycée lui manquait, même s'il ne m'en soufflait pas un mot. Sa journée terminée, il se plongeait dans un livre d'histoire, le seul objet qu'il ait conservé de la vie d'avant. On aurait dit qu'il ruminait ses cours du lendemain pour d'invisibles élèves qu'il rencontrerait dans le parc noyé de brumes. Moi, je n'avais même pas commencé mes études à l'université. Mais nous étions vivants, hors de danger. Et personne n'aurait nié que c'était là le principal.

Une fois qu'il avait tourné les talons pour se rendre au parc, je débarrassais la table. Après avoir lavé les assiettes, j'allais coller mon oreille à la porte et j'écoutais. J'avais besoin d'éloigner ce silence qui m'asphyxiait. Les petits signes venus d'autres existences que la mienne, c'était un peu d'air à la fenêtre. Les enfants du premier descendaient avec leurs parents. Puis il y avait un bambin que sa mère emmenait au jardin d'enfants. J'aurais voulu les comprendre quand ils s'interpellaient. De mon mieux, j'assemblais les mots, les bouts de phrases. Tu as oublié ton cache-nez ! Dépêche-toi un peu. J'essayais des traductions plausibles. Des échos qui n'étaient ni agréables ni désagréables. Juste étrangers. Deviendraient-ils limpides comme les vitres des fenêtres ? Il y avait parfois la perspective de la visite de ces parents d'Ahmad, du côté de sa mère, des commerçants installés à Hambourg. Je savourais la langue retrouvée. Douce à mon palais, elle se mêlait aux bonbons au lait que je servais avec le thé. Je les laissais rouler à mes oreilles. Je les faisais fondre dans ma bouche. Je fouillais avidement leur saveur qui se répandait en moi. Les images ruisselaient, comme si tout cela était à portée de main, j'aurais voulu être poète pour en faire mon trésor. Vous les déployez et quand vous les accrochez chez vous, elles transfigurent les objets qui les entourent. »

***

Qui suis-je
quand les nuages pleurent :
un hôte étranger
sur une plage étrangère
j'attends que le soleil m'aime
à nouveau
*avec sa raison dorée**

Rose Ausländer

* « Consolation », dans *Je compte les étoiles de mes mots*, poèmes traduits de l'allemand par Edmond Verroul, Éditions Héros-Limite, 2011.

12

« Nous vivions dans l'appartement du rez-de-chaussée. Frau Kliesch habitait le premier étage et louait le deuxième. Elle s'occupait d'une association de soutien aux réfugiés. Ses yeux brillaient d'un bleu intense, de belles taches de couleur sur son visage encadré de cheveux blancs dont la coupe si courte m'étonnait. Frau Kliesch m'apportait du café et des mugs. L'osier de son panier craquait doucement quand elle le posait sur la table. Je répétais les mots, un par un, après elle. Café. Mugs. Sucre. Lait. La bobine encombrée de fils finissait par se démêler. Lorsqu'elle me tendait un fil et que je m'en saisissais, quelque chose de tiède et de bienfaisant s'ouvrait dans ma poitrine. Un rien lui mettait le sourire aux lèvres. Elle m'a offert un cahier d'écolier, quand elle a commencé de m'enseigner les rudiments de sa langue. Il m'arrivait de perdre mes moyens. J'oubliais que les lignes de l'allemand, comme de l'anglais que j'avais appris au lycée, s'amorçaient à gauche, là où je les terminais en dari.

Je n'osais pas quitter notre petit rez-de-chaussée. Peur de me perdre. Peur de ces panneaux indéchiffrables. Peur des autres. Peur de moi-même. Peur de ce monde inconnu, où j'étais persuadée que je serais toujours un vilain petit canard. Un après-midi, Frau Kliesch m'a invitée pour le café. Je l'ai suivie dans l'escalier, dont j'avais guetté les bruits et les craquements, intriguée par les voix que j'y entendais.

Contre l'un des murs, il y avait une bibliothèque qui croulait sous les livres. Sur un guéridon à la fenêtre, des plantes entortillaient leurs feuillages. La chaleur du poêle en faïence m'attirait tel un aimant. À la fenêtre qui donnait sur le jardin, des toits s'éparpillaient parmi les arbres. Des immeubles récents cachaient le Mur qui séparait la ville en deux, au début des années 1980. Frau Kliesch est revenue de la cuisine avec un gâteau. Sucré et moelleux, il avait un goût de citron.

J'alignais maintenant quelques mots en allemand. Ce seraient bientôt de vraies phrases. J'avais un crayon et une gomme. Je n'aurais pas supporté de raturer les pages de mon cahier. Je les aimais, ces mots. C'étaient des perles sur un cordon et nous en faisions un collier, elle et moi. Parfois certaines s'en échappaient. Elles roulaient sur le sol et disparaissaient sous un meuble. Perdues. Pas entendues. Je veux dire, pas comprises. Chaque fois, elle s'interrompait pour répéter et m'expliquer.

Ses grands-parents avaient construit cette maison en 1910, sans se douter de ce qui se passerait, une trentaine d'années plus tard. Frau Kliesch l'avait habitée seule avec sa mère, jusqu'à sa mort à la fin des années 1950. "S'il n'y avait que des femmes, le monde éviterait ces tragédies", lançait-elle en hochant la tête. En 1945, elle avait travaillé avec les *Trümmerfrauen*, les femmes des décombres, pour réparer le désastre causé par la folie et la soif de pouvoir des hommes. "Il nous a fallu des efforts de Titan pour tout déblayer à coups de pelle. Pensez donc, plus de la moitié de la ville était par terre. Quand on avait fini, on transportait les gravats au même endroit. Il y en a eu tellement que c'est devenu une colline, le Teufelberg. Aujourd'hui, la plupart des gens ont oublié cette histoire." Le souvenir de la poussière qui se glissait sous ses paupières et lui dévorait la peau, lui, ne s'était pas estompé. Son mari était mort sur le front russe. Les nuits à se torturer les méninges s'étaient succédé. Elle avait eu beau s'y attendre. La terre s'est écroulée sous ses pieds, quand elle a décacheté la lettre. Tout en parlant, Frau Kliesch me désignait un portrait sur la console à droite du poêle en faïence. Un homme au regard clair scrutait la pièce, au-delà des années. Il était assis, les doigts allongés sur les touches d'un piano. Les photos prises en tenue militaire, elle les avait déchirées et jetées au feu. Pas question d'en garder une seule de cette époque-là. "La guerre, c'est l'œuvre du diable et il n'y a que les hommes pour tomber dans le piège, croyez-moi ! Je ne vous raconterai pas l'arrivée de l'Armée rouge. La boîte de Pandore, on ne la referme pas. Et si on a le malheur d'être une femme…" Ses mains trituraient la bordure de son pull gris. "Toutes les vitres ont été pulvérisées. Il a fallu deux hivers pour qu'on les remplace. Ma mère et moi, on bouchait les ouvertures avec du carton. On n'avait rien à manger. On mettait les épluchures de pommes de terre à cuire dans de l'eau. C'était ça, notre soupe." Ni l'une ni l'autre n'avaient bougé de Berlin. Mais exode et exil, elle imaginait ce que c'était. »

***

13

« “Il faut donner le pouvoir aux femmes. Comme ça, les choses changeront.” Frau Kliesch articulait lentement chaque syllabe pour être sûre que son message avait franchi le seuil de mes quelques connaissances en allemand. Moi, je l'entendais de très loin. L'homme sur la photo me dévisageait. Aimer quelqu'un, c'était sans doute cela. Qu'il continue d'habiter une pièce, même sans y être revenu.

Mon estomac chavirait. Un fleuve en crue remontait de très loin, alors qu'Ahmad et moi, jeunes mariés, étions dans un car pour Jalalabad. Les lames de roc au-dessus de la route viraient du gris au bleu nuit, au gré des ombres et du relief. Je les revoyais aussi nettement que le poêle de faïence devant moi. Les passagers huaient et sifflaient à l'arrière du car. Les uniformes soviétiques au bord de la route avaient suffi à les déchaîner. J'ai cru que je tournais de l'œil dans le salon de Frau Kliesch. Le chauffeur s'était garé. Deux soldats inspectaient le car avec leurs chiens, pendant que deux autres vérifiaient nos papiers. Nos respirations s'étaient accordées à un invisible chronomètre de la peur.

Frau Kliesch m'a demandé si ça allait. J'ai inhalé l'air frais qui entrait dans la pièce par la fenêtre qu'elle venait d'ouvrir. "Je n'aurais pas dû vous parler de ça."

Les reflets argentés du Kaboul miroitaient très loin en contrebas. La lumière du jour malmené par les nuages me poursuivait jusqu'à Berlin. Un coup de volant et nous finirions au fond du ravin. *La vie du conducteur est un jeu de la mort*, disait la devise à l'avant du car. De mon mieux, je confiais à Frau Kliesch les morceaux de mon histoire. Une famille qui vole en éclats, des avions qui déchirent le ciel et sèment la mort. Le car tanguait et toussait, rempli à craquer de voyageurs et de bagages. Le conducteur restait de marbre. S'en remettait-il à son étoile ? Si nous sommes arrivés à destination, c'est que le ciel a oublié de nous regarder alors que nous franchissions les gorges non loin de Jalalabad. Parce que c'était là que je partais habiter avec Ahmad.

Les dessins aux couleurs vives sur les poids lourds m'hallucinaient. Chacun d'eux était une carte dans un jeu. Était-ce cela, vivre ? Les découvrir une par une et s'efforcer d'en saisir la signification. Le chauffeur collait à l'arrière du véhicule juste devant nous. Et plus grande s'ouvrait la gueule du tigre qui y était peint en jaune et orange. *À chacun son destin*, disait une autre devise. Quand le car a fait halte, Ahmed s'est dirigé vers une construction où deux hommes officiaient sous une sorte d'auvent. L'un cuisait des galettes, l'autre préparait du thé. Il est revenu et m'a tendu l'un des deux verres qu'il tenait à la main. *Étrange séparation qui ne nous a pas laissé le temps d'un adieu*, disait le vers calligraphié à l'arrière d'un camion garé près de nous. J'ai ravalé les larmes qui me noyaient les yeux. Le verre me brûlait les doigts. Le thé a fini par me desserrer le gosier.

"Oui, buvez un peu de café… Ça vous fera du bien."

Tout au long de notre fête de mariage, je me suis accrochée à l'idée que Faiz nous rejoindrait. Personne n'avait de ses nouvelles. *Tu ne te rends pas compte. Comment voyager en ce moment ? C'est trop loin et tellement dangereux.* À la fin de la soirée, le mouchoir brodé que j'avais au creux de la main était en lambeaux. Pourtant on s'était juré qu'on serait là l'un pour l'autre, quoi qu'il arrive. »

***

14

« J'ai enroulé l'écharpe autour de mon cou et tiré mon bonnet sur mon front. Nous avons longé la rue jusqu'à la *Sommerstrasse*. Je commençais à comprendre ce qui était écrit sur les panneaux. "Sommer", c'est quand il fait beau et qu'on va pique-niquer au parc. J'ai répété après Frau Kliesch : "Sommer", l'été. Puis nous avons laissé la *Herbststrasse*. "Herbst. Qui veut de l'automne ?" La rue de l'été, c'était tout de même mieux. Mais la perspective était étriquée, avec ces façades crépies et ces maisons rescapées d'une époque disparue. Rien à voir avec l'Hindou Kouch, qui se profilait au loin, face au ciel. Au début que nous étions à Berlin, j'aimais à m'imaginer de retour à Kaboul, en train d'escalader des montagnes aux flancs scintillants, jusqu'à des territoires hors d'atteinte. C'était ma façon de m'évader. Je n'avais pas le vocabulaire pour raconter ça à Frau Kliesch.

"Quand on s'est réveillés le 13 août 1961, la ville était divisée en deux. *Ils* avaient découpé Berlin comme un gâteau, sans pitié pour nos cœurs. Il leur a suffi d'une nuit." Sa voix s'est étranglée. "Le grand corps de la ville, sa plaie béante plus de vingt ans après... La crevasse courait sur des kilomètres. Ligne de faille, embroussaillée de barbelés, avec des chevaux de frise et tout le reste. Les gens vivaient encerclés. Ils étaient répartis entre deux blocs qui avaient interdiction de se rencontrer. J'ai des cousins là-bas. Il a fallu attendre une éternité pour qu'on se revoie. Ils n'habitent pourtant pas loin. Avant, j'y allais à vélo. Trois coups de pédales et j'étais chez eux. Maintenant, c'est une véritable expédition. Certains sont morts en essayant de passer à l'Ouest. Et ici aussi, pour avoir été là où ils n'auraient pas dû être. Comme ce petit garçon turc qui a piqué une tête dans le canal par une chaude journée d'été. Les soldats ont tiré et il a coulé en quelques secondes. Tout cela car il se baignait en zone interdite."

Frau Kliesch m'a montré les marches de l'escalier de bois, après avoir écarté les branchages qui retombaient. "Allez-y. C'est pour ça qu'on l'a installé. Pour le point de vue sur l'est de la ville." Non, ce n'était pas l'Hindou Kouch, où les cerfs-volants larguaient les amarres et disparaissaient, si un gamin réussissait à trancher la ficelle de l'adversaire. Une vaste coulée herbeuse s'étendait jusqu'à un deuxième mur juste en face. Un seul, ça n'était donc pas assez. Au-delà, des toits de maisons, des immeubles, et des fenêtres. Des vies invisibles. Derrière les vitres d'un mirador, j'ai distingué une silhouette. Sous la casquette, on devinait le contour des jumelles que l'homme avait attrapées. Mes doigts se sont accrochés à la balustrade. Les nuages se sont mis à filer au-dessus de moi. L'édifice vacillait et j'étais en train de perdre l'équilibre. Ma présence n'avait pas échappé au soldat posté à quelques mètres. Je suis redescendue. "Vous êtes bien pressée ! Vous n'avez même pas vu les lapins. Eux, ils sont tranquilles. Une folie comme celle qui s'étale ici, il n'y a que les êtres humains pour la provoquer." Je ne l'écoutais plus. Mon esprit vagabondait, happé dans une suite de couloirs, de portes et de pièces. Ils s'enchevêtraient et se multipliaient. Où étaient-ils ? Dans le Kerala, à Kaboul ou à Berlin ? L'énormité de ce mur me rappelait tous ceux qu'on peut rencontrer sur cette terre. Les murs, on les construit. Mais on peut aussi rêver de les démolir. »

***

15

« “Vous vous rendez compte ! Une thèse de doctorat en chimie. Et elle a un mari, un enfant. Ce n’est pas donné à tout le monde.

— Ou simplement de poursuivre des études”, ai-je murmuré, parce que je ne voulais pas sans arrêt attirer l’attention sur moi.

Claudia le décrocherait, son poste de professeur à l’université, Frau Kliesch en était certaine. Je mourais d’envie de la rencontrer. “Cela dit, moi, à sa place, j’aurais attendu avant de m’encombrer comme ça d’un mari et d’un enfant.” Elle n’appréciait guère Benno, un être mou et velléitaire, selon elle. Je ne connaissais de lui que le vieux vélo qu’il rangeait dans l’entrée. Peu d’hommes, hormis son époux défunt, trouvaient grâce à ses yeux.

Le trottoir luisait d’humidité et la brume drapait la rue. Ses volutes ressemblaient au nuage de lait dans le thé de Frau Kliesch, un blanc qui s’assombrissait au fur et à mesure qu’elle le remuait avec sa cuiller. Un coup de sonnette a retenti. “Je laisse votre mixer sur la table de la cuisine ? Merci." Claudia avait ici ses habitudes. Elle avait partagé la cuisine avec Frau Kliesch, avant que les nouveaux appartements ne soient installés sous les combles. "Ça sent bon la vanille. Vous avez fait un gâteau ?" La pâleur de son teint accentuait le gris de ses yeux. Elle portait un pull de laine rouille trop grand pour elle. Entre ses mains habillées de mitaines assorties, elle tenait un petit sac de papier kraft. "De la tisane d'églantier, tu sais que j'adore ça !" Frau Kliesch allait et venait autour de la table, pleine d'entrain. "Meena, je suis sûre que vous n'en avez jamais bu. Il faut que vous essayiez. Vous verrez, c'est excellent. Le goût est légèrement acidulé." Et c'était très exactement ce qui se dégageait de Claudia. Elle avait quelque chose d'acidulé. Sa présence était vivifiante, mais son œil incisif me décontenançait.

Frau Kliesch a sorti un autre couvert. J'avais placé Claudia sur un véritable piédestal. Maintenant qu'elle était assise en face de moi, mes idées s'emberlificotaient. Pourquoi se serait-elle intéressée à moi ? J'en aurais des efforts à faire pour espérer briser la paroi de verre qui nous séparait. J'interprétais son attitude comme de la rigidité ou de la froideur. Frau Kliesch m'avait expliqué qu'en allemand, on disait parfois que quelqu'un était un poisson froid. Oui, Claudia était très probablement un poisson froid et moi, je ne savais pas comment me comporter en société avec un poisson froid.

Je me suis ressaisie. Après tout, Frau Kliesch l'aimait bien, donc a priori nous devions nous entendre, au moins pour boire une tisane d'églantier et manger du gâteau aux pommes. "C'est Benno qui récupère le petit aujourd'hui, après la bibliothèque." Et puis elle a parlé du jardin d'enfants, ainsi que d'une des éducatrices. Une autoritariste, si ce n'était pas carrément une fasciste. Frau Kliesch a eu un air amusé. "Tu n'exagères pas un peu ?" Claudia a alors amené la conversation sur une crèche alternative, dont des amis lui avaient dit le plus grand bien. Elle se trouvait à Kreuzberg, dans un immeuble désaffecté. "Eux au moins, ils ont une vision innovante de l'éducation." Je comprenais pourquoi les deux femmes étaient si proches. Chacune était portée par une passion. Là où l'expérience tempérait la première, l'autre n'était pas prête à la moindre concession. Claudia s'est tournée vers moi. "Je sais que les femmes sont très maltraitées dans votre pays." Je crois qu'elle n'aurait pas compris si j'avais essayé de lui expliquer que je ne venais pas d'un pays mais de deux. Frau Kliesch s'agitait sur sa chaise. "En tout cas, Meena n'a rien d'une personne qui se laisse marcher sur les pieds. Je n'ai aucun doute là-dessus." Claudia s'est penchée sur son gâteau avec concentration. "Près d'ici, il y a un atelier d'alphabétisation qui devrait vous intéresser." J'ai eu envie de lui répondre qu'après mon bac, j'avais réussi un examen difficile pour entrer à l'université et que seules les circonstances m'avaient empêchée de faire mes études de physique. J'avais payé cher d'avoir participé à cette manifestation qui s'était terminée dans un bain de sang. J'ai plongé les yeux vers ma tasse de tisane d'églantier. Son goût était acide. Elle était imbuvable.

Dehors la rue s'ensevelissait sous un épais brouillard. Claudia s'est levée et elle a pris congé, droite comme un i. Malgré moi et sans saisir quel était le lien avec Claudia, j'ai repensé au soir où j'ai commencé à me douter que Faiz ne viendrait pas à mon mariage. Les courriers que lui envoyait mon père restaient sans réponse. "Tu ne voudrais pas qu'il se mette en danger juste pour un mariage", m'a dit ma mère. Pour elle, c'était juste "un" mariage. Je n'imaginais que le succès et l'insouciance pour Faiz, là-bas en Inde. Qu'il ne s'intéresse plus à moi, sa jumelle, me blessait terriblement. J'ai couru me réfugier sur la terrasse. L'air était glacial. Le chat que j'avais adopté a pressé sa tête tigrée contre le dos de ma main en ronronnant. Comme j'enviais la faculté qu'il avait de sauter d'un lieu à un autre, de se faufiler entre les barreaux des grilles à sa guise. Les choses autour de moi étaient enrubannées de noir. Les flammes d'un feu dansaient dans une cour. Des gens s'étaient rassemblés pour s'y réchauffer. Qu'est-ce qui pouvait bien les rapprocher alors que je découvrais que l'affection, les promesses, rien de cela n'existait ? Çà et là, des lumignons tremblotaient aux fenêtres. Quand Frau Kliesch est revenue, elle a posé sa main sur mon épaule. “En dehors de sa thèse, la vie, elle ne sait pas ce que c'est. Ne lui donnez pas une importance qu'elle n'a pas !” La saveur sucrée du gâteau s'était métamorphosée. Les certitudes de Claudia, sa voix qui débordait d'assurance avaient tout gâté. »

***

16

« La ville était une île. L'océan où elle était perdue, je ne le connaissais pas. Ce que Frau Kliesch m'en avait montré sur l'escalier de bois m'en donnait une vague idée. Et comment vit-on ainsi sur une île, sans avoir peur de ce qui la lézarde et la traverse de part en part ? Elle me répétait qu'on était à la merci de n'importe quelle décision prise en haut lieu. Oui, il suffirait de quelques heures pour que le piège se referme sur les Berlinois de l'Ouest. C'était bien arrivé à ceux de l'Est. Elle cachait dans le tiroir de sa table de nuit une enveloppe avec un peu d'argent. "Ayez toujours à portée de main de quoi prendre un train, un car. En une nuit, ils ont réussi à tout fermer. Alors, on ne sait jamais."

J'avançais à l'aveuglette dans des monceaux de traces et des superpositions de strates, où elle me guidait. Elle évitait les grands axes bordés de constructions récentes. "Ils n'ont pas d'âme. C'est sans intérêt de venir ici." Sous son aile, je parcourais des terrains vagues et des rues que le Mur obscurcissait par endroits. Tout cela n'aboutissait qu'à des barbelés et du brouillard. J'avais traversé une partie de la planète pour m'enfermer ici avec Ahmad. Le Mur avait été construit pendant une guerre froide que ni lui ni moi n'avions connue. "Chaque être sur cette terre hérite de conflits qui ne sont pas les siens et il est bien obligé de faire avec. Je sais, vous n'êtes pas née ici, mais c'est tout comme, puisque vous repartez à zéro." Par-ci par-là, je croisais des jeunes habillés de façon extravagante. Ils surgissaient d'une de ces boutiques à l'abandon reconverties en logements, ou bien ils étaient assis à discuter devant des bâtisses lépreuses. Les filles étaient moulées de cuir, leurs yeux cerclés d'un épais maquillage noir qui exaltait des teints blêmes. Leurs cheveux s'ébouriffaient en mèches rebelles. Je me demandais ce qui les poussait à des ruptures si radicales avec leurs aînés. Moi aussi, j'avais voulu rompre avec mes parents. Le soir, il y avait dans des arrière-boutiques des réunions de femmes où l'on discutait et où l'on refaisait toutes les coutures d'un monde devenu invivable et sans avenir. "Sur ce point, il faut bien dire qu'elles n'ont pas tort." Puis elle a ajouté, avec un sourire : "Les punks en retournent chaque facette comme un vieux pull dont il faut exposer les défauts pour dénicher ce qui ne serait pas désespérant. Ils mettent le jour à l'envers et cherchent la vie au milieu de la nuit, dans des bars qui ne ferment jamais."

Le hasard nous a amenées au nord-ouest de Kreuzberg, devant l'ancienne gare d'Anhalt. Frau Kliesch avait perdu son chemin, j'en suis certaine. Sous un ciel de plomb, face à un immeuble aux étages empilés haut dans les nuages, se dressait un morceau de portique, échoué dans les herbes folles de l'île que je sillonnais sans relâche avec elle. Il était porteur d'une menace étrange, diffuse. Quels cortèges de voyageurs étaient passés sous ses arcades et où les emmenait-on, après les avoir arrachés à leurs familles, à leurs maisons ? Des séparations, des départs sans adieu ni retour... C'est ce que le silence de Frau Kliesch chuchotait à mon oreille. J'ai frissonné, troublée par ce qui flottait ici et me prenait à la gorge. Frau Kliesch s'est figée sur le trottoir. Elle s'est mise à parler sans s'arrêter. "Et pourquoi l'auraient-ils reconstruite ? Les trains n'allaient plus nulle part. Et heureusement qu'ils n'allaient plus nulle part." Elle s'est retournée et elle a repris : "Ils ont bien fait. Quand je vous dis que la folie et la cruauté des hommes sont sans limites. Le mal..." Elle butait sur quelque chose concernant la gare d'Anhalt. Tête baissée, la vieille dame m'a entraînée dans les rues de Kreuzberg. Je devais presque courir pour la suivre. Je n'avais aucune idée de ce qu'elle fuyait.

Puis nous sommes entrées dans un konditorei. La chaleur de la pièce était réconfortante. Je fixais

Frau Kliesch, elle tournait la cuiller dans la tasse de café où elle avait versé un peu de lait. Elle a poussé un grand soupir. “On n’en a jamais fini avec le mal, vous savez. Il est là aux aguets dans les coulisses de l’humanité, quoi qu’on fasse. Mes souvenirs, il y a des nuits où ils me rattrapent avec une incroyable férocité.” Sa voix devenait sourde et son regard s’assombrissait. Une sensation de malaise a commencé à me submerger.

“Il y avait autrefois des dizaines d’ateliers de couture, de broderie, de passementerie au centre de Berlin. Un bruit de machines à coudre s’échappait en permanence par les vasistas. De loin, on aurait dit des essaims d’abeilles en train de bourdonner. Mais avec l’horreur qui s’était mise en marche, les ateliers ont fermé les uns après les autres. Moi, je continuais de passer commande chez ma couturière. Rien ne m’aurait dissuadée d’aller chez Frau Friedländer, encore moins le régime en place.” Ce qu’elle était en train de me dire, c’était qu’il n’y avait de répit nulle part. Voulait-elle me mettre en garde ? Je n’étais pas sûre de pouvoir l’écouter jusqu’au bout.

“En sortant de chez elle après un essayage, des gémissements ont attiré mon attention. J’ai d’abord pensé à un chiot qui se serait perdu. Un cabas noir était là devant moi, posé à même le sol, contre la façade d’une maison. Je me suis approchée et j’ai compris qu’il s’agissait d’un bébé de sept ou huit mois. Son beau visage était déformé par les pleurs et il agitait en vain ses petites mains. À l'évidence, personne n'était là pour lui. Quoi faire ? La rue était déserte. Dans le cabas, j'ai remarqué un feuillet plié en deux, qu'on avait dû jeter à la hâte. Prise de panique, j'ai filé vers le parc le plus proche. J'aurais alors bien le temps de lire ce qui ressemblait à une lettre. J'ai enveloppé le petit de la couverture où on l'avait posé et je l'ai tenu contre moi, tout en marchant. Je n'oublierai jamais ses membres crispés, son corps secoué de tremblements. Moi, je n'ai pas eu d'enfants. Mais je les ai toujours aimés et j'ai eu des chats. J'ai senti les forces irrationnelles de l'instinct déferler. Les jolies frondaisons que je devinais au bout de la rue nous accueilleraient bientôt et une fois rassuré, le bébé s'endormirait.

La mère ou le père avait griffonné une adresse d'un crayon à la mine émoussée. J'en ai déduit qu'ils avaient été arrêtés. Abandonner leur bébé à un morceau de trottoir était leur dernier geste d'amour pour lui. Le quartier de Scheunenviertel était à environ une heure de marche. Jusqu'à aujourd'hui, je vois la barboteuse en fil de coton écru que sa mère ou sa grand-mère avait dû lui tricoter. Je la sens à la fois soyeuse et légèrement rugueuse sous mes doigts. Ce corps fragile m'attendrissait et m'intimidait. Quel pouvait bien être le sens de cette énergie qui nous menait tous, les uns après les autres, depuis les débuts de l'humanité, à ouvrir les yeux vers le ciel et à poser ensuite nos pas sur le sol ? Pourquoi ce petit était-il né, là où il était déjà confronté à une cruauté sans nom ?

Le porche obscurci débouchait sur une cour, entourée d'immeubles poussiéreux. Le cœur battant, j'ai gravi les marches qui rendraient cet enfant à un environnement familier, à des êtres qui l'aimaient. L'odeur de soupe au chou m'envahit les narines plusieurs dizaines d'années après, rien qu'à évoquer ce jour-là. J'ai sonné. Au bout d'une éternité, la porte s'est entrouverte. L'homme m'a détaillée avec méfiance. La vision du bébé dans mes bras l'a radouci. Quand je lui ai montré le papier, il a lancé : "C'est juste au-dessus."

Il s'est écoulé plusieurs minutes avant que quelqu'un ne tourne la clef. L'homme et la femme déjà âgés étaient les grands-parents. Le cri qu'elle a poussé en nous voyant était aussi celui d'une mère. L'homme m'a dit d'entrer. Il a refermé. J'ai tendu l'enfant à sa grand-mère. Ils m'ont fait asseoir et nous avons parlé. Gadi, c'est celui qui a de la chance, m'a expliqué le grand-père. Curieusement, les mots exacts de notre conversation se sont estompés. Je me rappelle seulement, au-delà de leur détresse, l'espoir que ce couple avait de sauver Gadi, quoi qu'il advienne. Je revois le petit gazouiller et roucouler pendant que sa grand-mère se penchait pour l'embrasser.

Une semaine plus tard, je suis retournée à Scheunenviertel demander des nouvelles. Il y avait eu un orage. La cour était pleine de flaques d'eau. Tout était désert et l'accès aux cages d'escalier avait été condamné. Mes jambes se sont dérobées ; je me suis mise à vomir mes entrailles.

Frau Friedländer était la seule à qui je pouvais me confier. Elle était installée à sa machine à coudre. J'ai repris mon souffle, humé l'odeur du tissu neuf que j'associais depuis toujours à sa boutique.

Je lui ai raconté, Gadi dans le cabas, les grands-parents à Scheunenviertel. Accablée, elle a baissé son visage creusé de rides vers la table : il y avait bien eu une rafle au bout de la rue, puis une autre à Scheunenviertel trois jours après. L'enfant et ses grands-parents étaient partis de la gare d'Anhalt pour Theresienstadt, avec plusieurs dizaines d'autres personnes.

Un fardeau d'une tonne s'était abattu sur mes épaules. Je me dis souvent que si j'avais gardé Gadi, tout aurait été différent. Vous comprenez pourquoi je ne supporte pas la gare d'Anhalt. Elle a beau avoir été détruite. Qui peut jurer que cela ne recommencera jamais ? Le mal c'est comme la braise qui s'enflamme. Elle peut s'enflammer n'importe où, n'importe quand."

Moi, je me taisais, incapable de prononcer une parole. Fuir ne servait donc à rien, ou si peu.

Finalement ce qui sauvait, c'était de savoir qu'il existait des gens comme elle.

Le quai du S-Bahn était désert, quand nous avons pris une rame en direction de Schönholz. Frau Kliesch m'a prévenue que nous allions traverser une partie de la ligne qui appartenait à l'Est. Par endroits, le réseau plongeait brutalement dans des gares fantômes où les rames ralentissaient sans marquer d'arrêts. L'air m'a manqué. J'aurais voulu sortir de terre et me retrouver avec le ciel au-dessus de ma tête. Le grincement des rails était infernal. Un homme titubait et marmonnait dans l'allée centrale. "Ne vous en faites pas... Il est ivre, c'est tout. Il faut bien que les gens oublient un peu qu'ils sont enfermés." L'homme dodelinait de la tête et évoluait sur une scène dont les acteurs étaient invisibles. Ils étaient pourtant bien là, prêts à déclencher leurs machines de guerre à la moindre alerte. Le train avait l'interdiction de stopper. Je serrais les dents, tétanisée. "Vous comprenez, des fugitifs pourraient en profiter pour essayer de rejoindre l'Ouest." Et nous, qu'avions-nous été alors que nous traversions les montagnes ? Potsdamer Platz, Unter den Linden, Oranienburgstrasse, un bref arrêt à Friedrichstrasse. Les traits de Frau Kliesch s'émaciaient dans la pénombre jaunâtre. Deux VoPos arpentaient le quai désaffecté, leur fusil à l'épaule, une chapka sur la tête. Elle m'avait emmenée dans une curieuse machine où les aiguilles de l'horloge tournaient à l'envers. Plus loin dans le passé, les parents et les grands-parents de Gadi avaient peut-être emprunté cette ligne eux aussi. Le train est ressorti à Nordbahnhof. Dans les lueurs du crépuscule, les immeubles et les arbres de l'Est nous restaient inaccessibles. Mais ils étaient si proches de la voie qu'ils paraissaient me tendre les bras. Les fenêtres s'éclairaient sur des façades effritées comme de vieux biscuits. Des gens s'affairaient chez eux après leur journée de travail. Une femme dans sa cuisine redressait d'un geste le chignon sur sa nuque. Quel serait son repas et quel goût avait la nourriture *de l'autre côté* ? Enfin nous sommes arrivées à Schönholz. Il n'y avait aucun signe de vie sur le quai. Une paire de bottines était posée en travers des rails rouillés. Des pétunias poussaient à l'intérieur du cuir noirci qu'on avait rempli de terre. Avaient-elles appartenu à un fugitif, l'un de ceux qu'on abattait sans autre forme de procès, s'il osait se chercher un destin ailleurs ? Gardaient-elles dans leurs semelles la trace des joies et des peines de l'inconnu qui les avait portées ? Nous sommes sorties par un escalier dont les vitres brouillées étaient cassées. Sur le panneau, les lettres de Schönholz en gothique étaient à moitié effacées. "C'était comme ça qu'on écrivait avant." J'avais du mal à déchiffrer ces caractères. "C'est normal, je ne vous ai pas appris.

Cela ne vous servirait à rien." Je claquais des dents et j'ai remonté l'écharpe autour de moi. La rue était enfouie dans une obscurité glauque et elle dégoulinait d'humidité. De retour à la maison, j'ai offert un thé à Frau Kliesch, un rituel auquel nous étions attachées toutes les deux. »

***

17

« Ahmad s'était accoutumé à son travail de jardinier. Il aimait le plein air et le froid ne le gênait pas. Le parc lui rappelait nos promenades à Seraj ul Emarat. Mais c'était un emploi temporaire. Quitter n'a pas été facile, quand on lui a annoncé qu'il y avait une place chez Siemens sur une chaîne. La vie lui imposait un bouleversement, alors qu'il guérissait à peine du précédent. Sans s'en apercevoir, il est monté dans une rame qui allait au parc. Comme si rien n'avait changé. Comme s'il lui suffisait de chausser le passé récent pour le rejoindre, aussi facilement qu'il se glissait dans ses chaussures. Affolé, il a fait demi-tour. Peur de se perdre. Peur d'arriver en retard. Hors d'haleine, il a franchi le seuil de l'usine, juste à l'heure pour embaucher. Les jours suivants, même les arrêts du métro lui étaient hostiles, me disait-il. Pas un détail qui crée le début d'une familiarité. Il se sentait seul parmi ces gens qui filaient devant lui, sûrs d'eux, à l'aise dans un univers où ils auraient pu marcher les yeux fermés.

Le quotidien qu'il s'était façonné en quelques mois s'était évanoui. Ici une boulangerie, là une boutique de fleuriste, un arbre... Presque le début d'une histoire et voilà qu'il devait tout recommencer. On lui aurait demandé d'affronter le froid de l'hiver sans manteau que ce n'aurait pas été différent. Il revenait épuisé le soir et se repliait dans le mutisme. Il repoussait l'assiette qu'il avait à peine touchée. Tellement de choses à apprendre, à accepter. Suivre les cadences, arrondir le dos face aux sautes d'humeur du contremaître, un homme pointilleux, au visage inexpressif. Il y avait le grondement des machines, les éclats de voix déformés par l'écho. La lumière du jour, la solitude du parc, les cycles d'une nature auxquels il était attaché, leur manque le tenaillait. Ahmad puisait une folle énergie pour se fondre parmi les autres et devenir une ombre anonyme. Les arbres du parc avaient-ils mal eux aussi, lorsqu'il les taillait ? Combien de jours et de semaines à retenir son souffle, avant d'émerger à nouveau, en accord avec les gens et avec lui-même. Ils étaient nombreux à l'usine à venir de l'étranger, de Turquie en particulier. Après le travail, il n'avait qu'une seule envie, s'enrouler sur le canapé, l'oreille contre son appareil à cassettes. Les sonorités s'y amenuisaient comme de fines feuilles froissées par le vent. Il écoutait les mêmes chansons deux ou trois fois de suite, puis il ouvrait son livre d'histoire. Il y inhalait la vie d'avant à pleins poumons avec la force de continuer.

Frau Kliesch nous a proposé de l'accompagner à l'Est un dimanche pour une visite chez ses cousins. Lui, ça ne lui disait rien de passer le Mur. "Ces gens sont des inconnus pour nous. Qu'est-ce qu'on a à faire là-bas ?" À la fenêtre, il y avait une belle clarté dans le ciel et il s'est ravisé. "Sans elle, nous ne mettrions pas les pieds de l'autre côté. Il ne faut pas la décevoir."

Nous avons acheté du café en grains pour les cousins de Frau Kliesch. Elle m'a montré son sac plein de bananes et de paquets de café Jacobs. Ahmad n'a pas desserré les dents dans le S-Bahn qui nous emmenait à Friedrichstrasse. Il était ailleurs, loin de la tristesse poudreuse des gares où le train ne marquait pas l'arrêt. Je lisais dans ses pensées comme dans un livre. Quelle idée d'aller replonger notre nez dans un pays où les gens sont privés de liberté ?

Près du panneau *Einreise in die DDR*, entrée en RDA, des personnes de tous âges se pressaient, impatientes de rejoindre une famille, des amis. Imperturbable, le policier m'a tendu mon visa. J'étais ébahie. Quelques pas et nous serions en RDA. C'était la rue d'à côté. Sauf que nous basculions à l'intérieur d'un film d'autrefois. Les façades n'avaient pas changé depuis les années 30. D'impressionnantes éditions des œuvres de Marx et de Lénine, reliées sous des jaquettes rouge et or, occupaient l'étalage du libraire. Elles contrastaient avec la grisaille ambiante. »

***

18

« Nous nous sommes installés dans la Trabant blanche. Avant la construction du Mur, Frau Kliesch voyait régulièrement ses cousins, un vieux couple maintenant décédé. Leur fils nous conduisait hors de la ville, vers l'une de ces "datsche" où les Berlinois de l'Est aimaient à passer leurs week-ends. Lukas y esquissait les toiles qu'il peignait ensuite dans son atelier. Vider l'appartement de ses parents, accepter qu'il ne les reverrait plus n'avait pas été facile. Trouver les mots pour combler l'absence et resserrer des liens sans cesse distendus par les séparations imposées par le Mur ne l'était pas davantage. Et moi, que dirais-je à Faiz s'il réapparaissait un jour ? Lui, il avait rejoint les terres de notre enfance. Que savait-il de notre vie ici ? Tout cela lui était indifférent. Mes phalanges blanchissaient autour du sac que j'étreignais sur mes genoux. Fixer mon attention sur l'histoire d'une autre famille, pour ne plus penser à la mienne. "Julia, j'ai mis de vieilles photos de côté pour toi." Le prénom de Frau Kliesch dans la bouche de Lukas avait une grande douceur. J'entendais ce qui les rapprochait au-delà des péripéties de leur pays coupé en deux. Leur tristesse n'avait ni l'amertume d'un désaccord ni celle d'un trop long silence.

Lukas s'est redressé à son volant. Des humiliations, il en avait essuyé. L'Union des artistes de RDA avait rechigné une éternité avant de l'accepter. Choisir de ne pas être le chantre de l'idéologie officielle, ça se payait très cher. "C'est tout juste s'ils ne l'accusaient pas de décadence. Pourtant il a toujours eu du talent." Dès qu'il est devenu membre, il a obtenu par enchantement un atelier dans le quartier de Mitte. Et tout ce qui lui manquait, les couleurs de qualité, les toiles et les cadres qu'on vendait dans des magasins réservés aux membres de l'Union des artistes. Les rides qui entaillaient son front lui donnaient l'allure d'un homme déjà âgé.

Je guettais le moment où nous laisserions les univers urbains où nous étions enfermés depuis notre arrivée. J'avais soif d'espaces ouverts pour rêver à demain. L'avenir, on va tous le chercher dans des territoires qu'on n'a jamais foulés ou dans ceux qui ont fait notre bonheur autrefois.

Le soleil montait au-dessus de vastes étendues plantées de bouleaux au tronc argenté. Lukas a pris une piste où les arbres se rejoignaient en une sorte d'arche. La petite maison de bois sortait droit d'un livre de contes russes. La femme de Lukas s'est avancée vers nous, parmi les roses trémières fuchsia et rouge sang qui s'élevaient à hauteur d'homme.

La table était dressée sous un aulne. La senteur des plantes, de la sève et de la terre fraîche embaumait. Anna avait cueilli dans son potager la salade et les légumes de son gratin. Frau Kliesch était d'humeur enjouée. On aurait dit l'une de ces vieilles fées qui peuplent les histoires qu'on lit aux enfants. Les questions d'Anna et de Lukas ne tarissaient pas. Ils étaient curieux des pays que nous avions traversés pour arriver en Europe, jusqu'à en oublier le contenu de leur assiette. Ils avaient du mal à masquer leur frustration de ne pas avoir l'autorisation de sortir de RDA.

Frau Kliesch a extrait de son sac une enveloppe remplie de photos. "Ce sont des vues du quartier qu'habitait la mère de Lukas quand elle était jeune." Il était en quête d'une image qu'il se construirait, faute de pouvoir se rendre sur place. Les couleurs, la texture des choses, leur parfum, tout cela il devait se l'imaginer.

Lukas a placé un appareil à cassettes sur la table. Les notes de guitare tombaient en une pluie drue. *Wartet nicht auf beßre Zeiten / Wartet nicht mit eurem Mut / Gleich dem Tor, / der Tag für Tag / An des Flusses Ufer wartet / Bis die Wasser abgeflossen / Die doch ewig fließen.* N'attendez pas des jours meilleurs / N'attendez pas de tout votre cœur / Pareil au fou qui jour après jour / Attend au bord du fleuve / Que soient taris les flots / Qui roulent éternellement. Anna avait pâli. "Qu'est-ce qui te prend, Lukas ? Tu veux que tout le monde nous entende..." J'ai cru qu'il allait mettre le volume au maximum. "C'est qu'on n'a pas le droit d'écouter les chansons de Wolf Biermann." Le regard de Lukas a croisé celui de Frau Kliesch. "Tu sais bien qu'on n'est jamais assez prudent." Lukas était excédé et nous étions à court de mots pour l'apaiser, tous autant que nous étions autour de cette table de jardin. "On n'est même pas libre d'écouter la musique que l'on veut." Anna nous a proposé du café, histoire de changer de sujet. Le lecteur de cassettes gisait, abandonné entre deux assiettes. La journée s'effilochait. Anna et Lukas nous ont ramenés à la gare de Friedrichstrasse. Quand nous sommes repassés à l'Ouest, la police des frontières a à peine regardé nos papiers. Le sourire d'Anna s'est crispé quand je me suis retournée.

En attendant le S-Bahn, j'ai remarqué une vieille dame sur un banc. Elle était très soignée avec sa veste beige bien coupée. Sa main a fouillé dans le cabas noir à côté d'elle. Elle a dévissé le bouchon d'une bouteille de vodka, puis l'a portée à ses lèvres pour en avaler de longues goulées. Avec soin, elle l'a remise à sa place, comme s'il s'agissait d'une paire de lunettes ou d'une écharpe. Un fardeau invisible lui arrondissait le dos. »

***

Ni Meena ni moi, nous n'avions de vodka à sortir de notre sac. Et j'ignore ce que le barman nous aurait servi à cette heure de la soirée. Qu'elle évoque une frontière à franchir me bouleversait. Était-ce parce que je me préparais à traverser celle de l'Inde, le pays dont mon père m'avait toujours parlé avec regret ? Il n'avait vécu ni dans l'Inde où il était né, ni en Grande-Bretagne, la terre natale de ses parents. Ou si peu… Là où son début de racines avait été tranché net, une sorte d'ulcère s'était enkysté. Il était mort avec, et moi, je restais figée face à son passé, incapable de regarder devant moi, suspendue en plein vide. J'aurais voulu qu'il vive, qu'il me voie partir là où il n'était jamais retourné. J'aurais voulu qu'il s'étonne de mon voyage, qu'il me demande dans quelles villes je me rendrais, avant de me confier un autre de ces souvenirs indiens dont il avait émaillé mon enfance. La douleur me transperçait tout d'un coup. Était-ce la sienne que je ressentais à sa place, celle dont il n'avait pas guéri ou bien la mienne, de l'avoir perdu ? Les deux sans doute. Mais je devais considérer ce passage comme une chance, celle de découvrir un fragment de ce qu'il avait aimé, la réalité d'un sol, qui lui n'avait pas cessé d'être. Mes yeux se sont posés sur Meena. Elle me semblait soudain très fragile.

« Je ne suis jamais retournée en Afghanistan. Pas une seule fois. L'Inde, n'en parlons pas. Penser que vous y allez demain me rend malade d'envie. Qu'est-ce qui subsiste de nous, de l'enfance, après tant d'années ? »

S'il avait été possible de photographier ce qu'elle me disait, on aurait vu le gouffre creusé par une vie qui avait basculé à deux reprises, d'un ailleurs vers un autre. Il en faudrait, du bricolage, pour essayer de colmater toutes ces brèches. Elle a eu un petit rire saccadé.

« C'est comme le Steri-strip. Si vous attendez trop pour le poser, ça ne sert plus à rien. On ne rapproche pas les bords d'une coupure, quand c'est trop tard. Les séparations, c'est pareil.

— Les dangers d'un pays en guerre vous laissent froide, on dirait. Alors le temps qui passe, les proches qu'on n'a pas vus depuis une éternité, c'est cela qui vous fait peur ?

— Justement. J'en ai les mains qui se glacent. Vous n'imaginez pas. »

Sa nervosité décuplait la mienne. J'avais les orteils vissés au bord d'une piscine d'où j'allais devoir plonger dans quelques heures. Personne ne m'attendait là-bas en Inde, hormis les organisateurs du colloque auquel je me rendais. Ils ne savaient rien de moi, de mon père et de ce que l'Inde avait représenté pour lui. Je ne rencontrerais là-bas que des ombres pour me guider vers une histoire qui n'était pas la mienne. Mon père n'avait fait que me la transmettre.

Meena, elle allait quelque part. Elle retournait dans sa famille. Même si son frère vivait très loin ailleurs.

On a tous quelqu'un au fond de nous qui pleure quelque part dans une gare ou un aéroport. Et ça ne s'efface pas comme ça, à la descente d'un avion ou en frappant à la porte d'une maison.

Quelquefois, ça continuait à la génération suivante.

***

19

« J'étais transplantée sur un îlot égaré au milieu d'un océan interdit. Il était entouré d'une muraille et on ne la franchissait que dans un seul sens. Nous habitions maintenant l'un des immeubles que l'on apercevait de la maison de Frau Kliesch. Les leçons d'allemand, les gâteaux, notre complicité de voisines, les escapades en ville, tout ce que nous avions partagé, c'était fini. D'autres réfugiés étaient chez elle. Eux aussi, ils avaient besoin d'un toit et de repères. Une femme que je ne connaissais pas appuyait sa tête à la porte qu'elle n'osait pas pousser, abasourdie par une langue complètement étrangère. Frau Kliesch me rendait visite chaque semaine. Elle était contente de nous voir bien installés. "C'est un appartement clair et tout à fait convenable. Par la suite, vous verrez..." Il donnait sur un terrain vague que je traversais tôt le matin. Les herbes folles étaient constellées de givre et ployaient sous le poids de la neige tombée pendant la nuit. D'innombrables cristaux y scintillaient. On aurait dit des étoiles échouées sur le sol. Un halo de vapeur blanche s'échappait de la bouche des rares passants qui se saluaient en promenant leur chien.

J'attrapais le métro qui me conduirait à l'hôpital, où je travaillais aux cuisines. J'avançais à l'intérieur d'un labyrinthe recouvert de carreaux glacés. J'avais parfois l'impression d'avoir débarqué d'une galaxie dans une autre, lorsque les myriades de lumières s'allumaient aux fenêtres le soir audessus de la rue. Mais je l'aimais, cette petite place que je me découpais dans l'étoffe du monde. C'était un minuscule éclat d'étoile et il était à moi.

Rien ne m'aurait convaincue d'y renoncer, même pas l'accident. La soupe bouillante s'est répandue sur moi quand j'ai perdu l'équilibre sur les dalles humides. La responsable des cuisines était une vraie porte de prison. Je ne pouvais donc pas faire attention où je mettais les pieds ! Et qu'y avait-il à attendre d'une femme comme moi ? Une jeune Turque, qui était à la plonge, m'a prise par le bras. "C'est quelqu'un qui n'a aucune empathie." Et elle m'a emmenée aux urgences. Si cette femme espérait me décourager, elle se trompait.

Le visage d'Ahmad s'est fermé en me voyant. J'ai cru l'entendre avant même qu'il n'ait ouvert la bouche. "Je te l'avais bien dit." Ou pire. "Tu vas arrêter. De toute façon, ils ne te payent pas assez. Et la prochaine fois, ce sera quoi ? Un homme qui te manquera de respect." Pour lui, la douleur causée par mes brûlures, ça ne pesait rien face au déshonneur. Mon sang bouillait et plus fort que la soupe renversée. Je n'avais pas traversé la frontière à pied sur des sentiers de montagne pour me retrouver piégée ici. Je le revois tirant sur sa cigarette avec concentration. Ce n'était pas un conseil de famille, mais presque, et il le tenait à lui tout seul. Il a écrasé le mégot de sa cigarette dans le cendrier. “Ils t'exploitent. Ta cheffe, tu ne vas pas la supporter comme ça pendant des mois. Qui sait ? Peut-être des années.” Il a alors annoncé un plan qu'il avait. Je me soignerais et après *il* me chercherait une place convenable.

Pour moi, ces phrases du genre “et après, on fera ceci ou cela”, ce n'était que du vent. Et puis décréter comme ça qu'*il* s'en chargerait. Il s'agissait de moi et de personne d'autre. Je lui ai répondu : “Je ne vais pas t'attendre à la maison toute la journée. Ce qu'on me donne, c'est toujours ça de gagné.” S'il allait plus loin, je lui rétorquerais que nous n'avions pas d'enfants et qu'il fallait bien que je m'occupe à quelque chose. Mais cet argument, je le réservais pour un final qui le réduirait au silence. Il a décroché sa veste et il est sorti. Quand il est rentré du bar, j'ai reconnu l'odeur douceâtre qui flottait autour de lui. Il s'est affalé sur le lit et s'est endormi profondément, assommé par l'alcool. Il n'a plus évoqué la question de mon travail, ni le lendemain ni les autres jours.

Je gardais de la rancune envers mon père. Mon rêve le plus cher, il l'avait délibérément ignoré, en refusant que j'aille à l'université. L'absence de Faiz à mon mariage était une plaie béante. Je l'imaginais sirotant un verre de chai, prêt à convoler avec une jeune Indienne dont il était follement amoureux. La belle vie, quoi ! Moi aussi, j'aurais pu retourner en Inde, y étudier aussi. Mon père avait tout gâché, en me poussant à accepter mon cousin. Ma mère m'avait prise à part. "Tu comprends, avec cette violence dans le pays, ce serait mieux. Et puis c'est quelqu'un de très bien." Pourtant l'eau coulait sous les ponts et ma colère, elle s'évaporait peu à peu. Les ténèbres, on devait les chasser, jusqu'à ce que revienne la lumière. Je fouillais comme une folle dans le passé pour la retrouver, là où Faiz et moi, nous avions posé nos pas, toujours ensemble.

Les parties de balançoire, les veillées sur la terrasse à la saison chaude, je les revisitais en rêve. Je me réveillais, l'amertume au fond de la gorge. Les lettres de mon père étaient rares. Je les parcourais, à l'affût d'une phrase où il serait question de Faiz. Ce qu'il écrivait était d'une banalité désespérante. Je déchirais les feuillets en mille morceaux. Je frissonnais en soulevant le couvercle de la poubelle. L'air un peu choqué, Ahmad me jetait un coup d'œil étonné. "Pourquoi tu fais ça ? C'est ton père quand même." Il se doutait bien que j'avais eu un désaccord avec lui. Il se levait, se dirigeait vers la fenêtre ou se replongeait dans sa lecture. Comme si de rien n'était… Et c'était probablement mieux ainsi. Nous étions vivants, à l'abri de la guerre qui ravageait notre pays, après tout. Et mon père ne saurait rien du ressentiment qui montait quand je reconnaissais son écriture sur l'enveloppe dans la boîte aux lettres. »

***

20

« L'hiver, il faisait noir dès trois heures de l'après-midi. Sur un guéridon habillé d'un morceau d'étoffe verte, je disposais des bougies auprès d'une coupe de verre, avec les cailloux qui m'étaient si chers. Je craquais une allumette, dès que la fenêtre s'obscurcissait, impatiente qu'apparaissent ces gouttes de lumière qui métamorphosaient tout autour de moi. Je prenais alors un de mes cailloux au hasard et je le tenais face à la flamme. En le fixant, je réussissais à m'échapper du lieu où j'habitais. Un monde s'entrebâillait, à mi-chemin entre ceux que j'avais quittés et celui que j'avais désiré si ardemment. Je m'élançais à travers des étendues de sable cernées de cimes rocheuses. Elles sécrétaient une clarté irréelle où je me baignais et je me réchauffais. Si Ahmad entrait, je me faufilais instantanément par le chas de l'aiguille que j'avais au cœur et je rejoignais notre pièce pleine d'ombres. Avec soin, je remettais le caillou dans la coupe.

À droite des bougies, j'avais placé le cadeau que ma mère m'avait glissé dans la main quand j'ai quitté la maison familiale. "Rappelle-toi le Kerala." Mes yeux s'étaient remplis de larmes et elles ne s'arrêtaient plus. Le vert des rizières à perte de vue me revenait en mémoire. Il était si doux à mon regard, aussi doux que l'herbe sous mes pieds. Ma mère avait enveloppé dans un foulard une boîte de cuivre remplie de graines de santal rouge. Il y avait un arbre à l'entrée de la maison et la saison venue, ses jolies petites graines s'éparpillaient sur le sol, comme un gros nuage rouge vif. Faiz et moi, nous les ramassions et nous les conservions dans un bol de verre. Une voisine avait dit à ma mère qu'elles étaient sacrées. Elles portaient chance à qui saurait en prendre soin. J'y tiens comme à la prunelle de mes yeux. Vous comprenez, c'est le dernier cadeau que m'a fait ma mère. Et puis, qui sait ? Peut-être qu'elles portent bonheur. De temps à autre, j'ôte le couvercle et je les regarde briller dans la grisaille berlinoise. Je les fais couler dans ma main, rien que pour retrouver la joie de mon enfance et peut-être l'attirer à nouveau sur nous.

Je ne me souviens plus de quel jour on était. Seule la lumière de mars me revient, pâle et embrumée. Le bulbe de jacinthe était sur une étagère du placard. Je l'aspergeais d'eau, dès qu'il était trop sec. L'oignon germait et des feuilles pointaient. J'étais impatiente de voir la fleur apparaître. Bientôt je le sortirais et je l'installerais sur la table auprès d'un bouquet de tulipes, une pomme, une tête d'ail et ce qu'il fallait pour fêter le retour du printemps. À peine plus grandes que mes deux paumes, ces choses si simples étaient pour moi le seuil d'un voyage, faute d'un retour auquel je ne croyais plus.

Nous avions prévu d'aller acheter de l'angélique et du riz dans une épicerie orientale à Kreuzberg. Une cloche tintait quand on poussait la vieille porte bancale. Les odeurs d'épices, cannelle, cumin, cardamome, inondaient mes narines. Les rayons débordaient de boîtes et de sachets de friandises aux évocations festives. Nous avons pris un grand sac de riz basmati. Mais l'épicier n'avait pas de graines d'angélique. Il a griffonné sur un morceau de papier l'adresse d'un magasin où on en vendait, à quelques rues de chez lui.

Les couleurs vives de la façade m'ont fait oublier la morosité de la rue. Au-dessus de nous, le ciel embué s'effrangeait en longs rubans. Les battements d'un tabla résonnaient quelque part dans l'arrière-boutique. Ils s'enchaînaient en d'obsédantes volutes. Les notes d'un sitar lui répondaient. Elles égrenaient un air que je n'avais pas entendu depuis une éternité. De larges ondes concentriques dessinaient le cercle où la voix posait son chant poignant. Il ne m'avait pas quittée. Il était là, simplement endormi au creux de mon oreille. Et voilà qu'il se réveillait. *Biya ke berim ba Mazar*... Viens, partons pour Mazar... Des coupoles turquoise étincelaient. Aveuglantes, elles m'arrachaient des larmes et par dizaines, des tourterelles blanches s'essoraient puis chaviraient sur l'esplanade. Des centaines de tulipes sauvages s'inclinaient sous la brise, éclaboussées de soleil dans l'immensité de la steppe. *Biya ke berim ba Mazar*... Partirais-je un jour, que ce soit à Mazar, là-bas au nord, à Kaboul ou encore dans le Kerala, là où des graines de chance pleuvent une fois l'an sur le sol ? Le chant de Ustad Mahwash enjambait les années et l'espace. Chacun des atomes de mon être tressaillait. Mes yeux s'ouvraient en moi et je revoyais notre maison dans le Kerala, avec le petit pot d'*Afghan Snow*. Je sentais l'odeur sur ma joue, quand ma mère m'embrassait le soir. Le bol rempli à ras bords des belles graines écarlates tombées de l'arbre à l'entrée de la maison était là, posé sur la table. Faiz et moi, on riait et on poussait de petits cris de joie en les recueillant. Ahmad s'est approché et il m'a demandé si j'avais besoin de raisins secs. Je me suis penchée sur l'étiquette d'un paquet de biscuits au sésame, comme si je n'avais pas entendu qu'il me parlait. Il a répété sa question et j'ai secoué la tête. »

***

21

« Meena, ma chère sœur,

Si tu as décacheté mon enveloppe et que tu ne l'as pas jetée à la poubelle, je t'en prie, lis-moi jusqu'au bout. Ne déchire pas ma lettre.

Faire le voyage pour assister à ton mariage, c'était simplement impossible. Je sais, tu refuses de me croire. Mais écoute-moi un peu, s'il te plaît. Derrière mon absence ce jour-là, il y a bien pire. Je n'en ai pas encore parlé à qui que ce soit dans la famille.

J'aurais dû le faire il y a longtemps et je m'en veux aujourd'hui. J'avais si peur que toi et les autres vous ne compreniez pas.

Je me suis toujours demandé comment tu arrivais à veiller tard la nuit pour réussir ton examen d'entrée à l'université. Tes études, tu les avais à cœur et bien plus que moi. Je revois la couverture bleu nuit dont tu t'enveloppais pour ne pas avoir froid. Elle sentait la cannelle.

Toi, tu avais décidé de devenir physicienne. Mais moi, ce que j'avais décidé remontait à ce jour maudit où nous avons été mis à la porte de chez nous. Nos montres se sont alors figées. L'injustice m'a laissé une amertume que tu n'imagines pas. Te souviens-tu de cet éléphant qui venait cogner sa tête contre le tronc des jacquiers chez les voisins jusqu'à en faire tomber les fruits ? Il se rappelait où ils se trouvaient et il revenait les chercher, là où il les avait laissés, quand il savait qu'ils seraient mûrs. Moi, j'avais envie de me frapper la tête contre les murs, sans savoir quel fruit pourrait bien s'en détacher. J'avais la même obstination que l'éléphant et je ne démordrais pas. Il fallait que je retrouve ce salopard qui avait fracassé nos vies. Non pas que je puisse changer quoi que ce soit au cours des choses. Non, il ne faut pas rêver. Mais pour montrer juste une fois à ce bouffeur de charogne qu'il n'était pas parvenu à nous détruire. Il verrait que le fils de celui qu'il avait écrasé comme un moustique avait redressé la tête. Cette pensée ne me quittait pas. Elle me rongeait de l'intérieur. Je m'étais juré que je ne vous reverrais pas avant d'avoir tenu ce que je m'étais promis à moi seul.

Mais il y a loin entre ce que l'on a prévu et le moment où ça se réalise enfin et surtout comment ça se réalise. Je ne peux pas tout te dire dans une lettre. Ma sœur, sois patiente. Je ne sais pas quand je viendrai. Mais je viendrai vous voir. Alors tu sauras.

Que le destin te soit clément, ainsi qu'à ton époux, mon cousin !

Ton frère,

Faiz

Ma tête bourdonnait et j'ai cru m'évanouir en montant les escaliers avec la lettre. Le timbre représentait le visage de Gandhi. Il était collé de travers. Je le revois, comme si c'était hier. Mais surtout, il y avait la fine écriture de Faiz. Il a fallu que je m'assoie. Faiz devant moi, le dos courbé sur sa feuille.

Les larmes ont coulé sur mes joues, en découvrant le passage où il parlait de la couverture bleu nuit et de l'odeur de cannelle. Ainsi il se rappelait ma passion d'apprendre. Et qui l'aurait pu ici, sauf Ahmad ? Il n'avait pas abordé le sujet, ne serait-ce qu'une fois.

Je me suis levée et je suis allée vers le plat où étaient mes cailloux. J'en ai choisi un et je l'ai roulé dans le creux de ma paume. Dehors, des enfants couraient dans l'herbe, leurs joues rougies par l'excitation de leur jeu et par le froid. L'un d'eux a trébuché. Je l'ai vu tomber de tout son long. Il s'est redressé et son visage grimaçait de douleur. Mais personne n'a semblé le remarquer. Il s'agitait de droite et de gauche, sautait d'un pied sur l'autre. Peut-être voulait-il cacher ce qu'il ressentait ou bien s'étourdir et oublier qu'il avait mal. J'ai reposé le caillou beige veiné de gris à sa place.

Faiz n'avait donc pas cessé de penser à moi. Et s'il n'avait pas été là pour mon mariage, c'est qu'il en avait été empêché.

J'ai pris un autre galet parmi mes pierres. Il avait une jolie forme aplatie. Quelle rivière l'avait ainsi lissé et poli de ses eaux claires et glacées ? *Ma sœur, je viendrai. Je ne sais pas quand. Mais je viendrai.* Les mots ont résonné des jours entiers dans ma tête. À travers les courbes de son écriture, ses yeux aussi verts que les miens m'observaient. Et leur éclat ranimait ce qui s'était éteint. Quand et comment tout cela sortirait-il des cendres ? Et que s'était-il passé qu'il ne pouvait m'écrire dans une lettre ? Je tournais et je retournais ses mots dans ma tête. À quoi pouvait-il faire allusion, s'il était en état de m'envoyer une lettre ? Il ne m'avait pas laissé d'adresse où écrire et lui poser la question. »

***

22

« Les nuages à la fenêtre s'étaient gonflés d'encre. Quand Ahmad a ouvert l'enveloppe sur le buffet, il s'est accoudé au meuble. Après un blanc interminable, tout s'est immobilisé, jusqu'au tic-tac de l'horloge dans la cuisine. "Mon frère Jamshed… Sa femme et les deux petits. Un obus…" Une partie de sa famille avait été tuée et il l'apprenait plusieurs semaines après. Jamshed… ce frère qui avait été un modèle et un mentor. Ses études d'histoire, c'est lui qui l'avait incité à les suivre.

"Tu te rappelles ce que nous faisions le 8 juillet ?" Il tenait à savoir. Il lui fallait ce repère sur notre calendrier, ici dans ce qui était notre réalité, à des milliers de kilomètres. Oui, maintenant qu'il me posait la question, cela me revenait. "Tu te souviens ? Le dimanche où nous sommes allés au parc Viktoria, je crois." Les images déferlaient avec tout l'éclat de leurs couleurs. Nous avions gravi la colline, admiré la vue sur la ville aveuglée de lumière. Puis nous étions redescendus le long de la cascade. Le bruit de l'eau, son halo de fraîcheur par une chaude journée d'été m'avaient plu. Nous avions déjeuné sur l'herbe, de naans et d'un plat de lentilles au curcuma. La limpidité d'un après-midi de juillet avait assourdi le fracas et les cris. Parce qu'ils avaient dû crier… À moins qu'ils n'aient été surpris en plein sommeil.

J'ai servi du halva à Ahmad avec des galettes de pain et des dattes. J'ai versé du thé. J'étais à court de paroles et de gestes. Il n'avait pas faim. Et ça, comme je le comprenais. J'avais vu Jamshed et sa famille à notre mariage. J'aurais tant voulu que quelqu'un puisse dire à Ahmad qu'ils étaient morts sans s'en rendre compte.

Que faisions-nous pendant qu'ils mouraient ? Nous étions au parc en train de manger. Ou peut-être n'avions-nous pas encore choisi l'endroit où nous allions pique-niquer. La vie se défait-elle toujours avec des abandons, ou simplement sans qu'on sache, parce qu'on est loin ?

Personne ne nous accompagne au-delà du seuil de la mort et c'est la même chose lorsqu'il faut apprendre à vivre avec l'absence de ceux que l'on perd. L'insomnie et les cauchemars d'Ahmad, je les entendais, quand il se retournait ou gémissait dans son sommeil. Il était seul, seul à se réveiller, avec la douleur qui le ramenait crûment au matin. Elle était là et elle était sans remède. Il avait sorti d'un tiroir une photo de l'été précédent. Jamshed et sa femme passaient le bras autour du cou de leurs enfants, comme pour les protéger. Ahmad l'avait encadrée et placée sur le buffet, à l'endroit même où j'avais déposé la lettre. Nous leur redonnions un peu de vie rien qu'en les regardant. Petit à petit ils occupaient la place de l'enveloppe. »

***

23

« Où ont disparu ces jours et ces nuits-là ? Ils se sont succédé, c'est tout. Comme des stations de métro... Osloerstrasse, Pankstrasse, Gesundbrunnen, des noms égrenés par une voix monocorde. Les gens descendent, montent. *Zurückbleiben, bitte !* "Écartez-vous des portes, s'il vous plaît !" et les portes se referment avec le même bruit métallique. La mort n'efface ni les semaines ni les mois sur les calendriers. Pas plus qu'elle ne change l'ordre des arrêts ou les annonces sur la ligne du métro. Les incertitudes de la guerre nous poursuivaient. Ses drames nous avaient rattrapés, bien que d'où nous étions on n'entende ni cris ni détonations.

Affalé sur le canapé, Ahmad se terrait à l'intérieur de lui-même. La pièce s'engloutissait dans l'obscurité, sans qu'il accepte d'allumer la lampe, près de lui. Il avait cessé d'aller au bar rejoindre son petit cercle d'amis. Il se reprochait d'être en vie, alors que son frère ne l'était plus. Je le secouais doucement quand il s'assoupissait. Sinon il aurait passé la nuit à somnoler devant la fenêtre.

Hatije, ma collègue turque à l'hôpital, m'apportait un café à la pause. Le deuil, c'est un désert que l'on doit traverser. Il n'existait pas de moyen de le contourner, pas plus que la soif et la solitude que l'on éprouve à le franchir. C'est ce qu'elle me répétait, en me glissant dans la main un de ses biscuits à la vanille.

La ville autour de nous était pareille à elle-même. Les gens se croisaient, absents à leurs semblables. Si l'un d'eux tombait ou éclatait en sanglots, qui s'arrêterait pour le relever ? Les rues s'enfonçaient dans le dédale d'immeubles et de constructions où je ne distinguais rien qui s'écarte de la banalité du quotidien. Les néons blafards clignotaient sur leurs silhouettes et les animaient de brèves lueurs colorées. Mais elles ne chassaient pas le froid qui nous envahissait. *Test the West !* Les lettres du slogan publicitaire me narguaient. À quel univers appartenaient l'homme et la femme avec leur large sourire et leur tranquille assurance ? Dans quel magasin la femme avait-elle acheté le bustier qui dénudait ses épaules, tandis que ses longs cheveux volaient au vent ? Chaque centimètre de l'affiche rutilait depuis le paquet de cigarettes West qu'elle brandissait comme s'il s'agissait d'un fanal. *Test the West !* Ahmad et moi, avions-nous eu d'autre choix que d'essayer l'Ouest ?

Faiz viendrait, il me l'avait écrit. Il n'avait apparemment pas épousé une Indienne dont il serait tombé amoureux. Je m'étais trompée sur toute la ligne. Mais il y avait une ombre et je n'arrivais pas à l'éloigner de moi. Pendant mes insomnies, les parties d'échecs, les constellations au-dessus de nous, tout cela affleurait, avec les bonheurs de mon enfance. Ici à Berlin, je me procurerais un échiquier. Et il y aurait bien un parc où le poser dans l'herbe et jouer tard le soir.

Octobre touchait à sa fin quand Faiz a écrit. Je ne me rappelle plus ce que j'ai vu en premier. Le timbre turc ou bien mon nom sur l'enveloppe...

Ma chère sœur, sa voix s'élevait dans la pièce. Il me semblait sentir son souffle chaud à mon oreille, alors qu'il était là-bas en Turquie, dans la ville d'Adana. Pourquoi cette ville plutôt qu'une autre ? Il ne me donnait pas d'explication. J'aurais aimé avoir un atlas sous les yeux, ou peut-être notre mappemonde. Mais elle appartenait à une vie qui n'existait plus. Et Adana ne figurait pas sur notre carte de la terre, avant que la neige ne l'efface.

Il avait voyagé à pied. Les températures en altitude étaient sibériennes. Il avait grelotté, tremblé de vertige sur les sentiers escarpés qui les séparaient de leur rêve. Le passeur leur hurlait qu'ils n'étaient qu'une bande de trouillards. Et que ça saute ! L'un d'eux, un jeune, avait glissé et basculé. Il n'oubliait pas le minuscule point bleu de sa veste, en bas parmi les rochers. *À chaque pas, je revoyais ce garçon. On l'avait abandonné aux vautours.*

Puis il y avait eu le désert où il avait cru mourir de soif. En arrivant à Adana, il avait pris un travail comme manœuvre sur un chantier. Il fallait réunir l'argent pour poursuivre le voyage jusqu'à Berlin. Il m'écrivait, assis sur un tapis à côté d'un poêle à bois qui tiédissait la pièce où il logeait. Il citait Rumi à la fin de sa lettre : "Ceux qui sont prudents disent : je ne ferai rien, tant que je ne serai pas certain. Si tu ne fais rien, tu es perdant. Ne sois pas de ceux qui ne veulent pas se risquer sur l'océan." Pourquoi donc Faiz avait-il dû quitter l'Inde et emprunter des chemins aussi incertains que les nôtres ? »

***

24

« Faiz était là, à la porte, les cheveux ébouriffés par une nuit de voyage, trempé par la bruine qui s'abattait sans discontinuer sur la ville. J'ai poussé un cri. Il avait grisonné. Une fine neige semblait lui poudrer la tête. J'ai refermé derrière lui, comme s'il risquait de disparaître aussi vite qu'il était apparu. Nous sommes tombés dans les bras l'un de l'autre. On riait et on pleurait. Il m'a saisie par les épaules et il m'a regardée un long moment. Oui, j'avais vieilli, moi aussi. Je l'ai compris en voyant son visage s'embrunir. Enfants, nous ne réussissions jamais à nous cacher quoi que ce soit, lui et moi. J'ai touché la cicatrice en travers de sa pommette droite.

"Ce n'est rien. Je serais incapable de dire comment ça m'est arrivé."

Il était là devant moi. À des milliers d'années de notre enfance, de nos jeux, de nos conversations.

Si longtemps, j'avais espéré. Faiz, mon frère, il était là devant moi, titubant de fatigue après un interminable voyage en car qui l'avait balloté d'une gare à l'autre. Aux relents de laine mouillée se mêlait une odeur légèrement poivrée. Je l'aurais reconnue les yeux fermés. Rien qu'à porter sa veste et son écharpe à mes narines, j'ai su que c'était la sienne. Faiz, mon complice…

J'ai versé l'eau, le lait, le thé et trois grains de cardamome. La flamme bleue du gaz sur le brûleur était belle ce matin-là. Après avoir ajouté le sucre, je lui ai servi son chai. Nous avions la journée devant nous. De quoi combler le passé d'un petit caillou pour chacune des heures manquées. Si tant est qu'on répare une telle séparation. Je lui ai versé une deuxième tasse. Puis nous nous sommes tus. Et nous avons parlé encore, sans nous arrêter.

"Tu te souviens, le jour où on a eu les résultats de mon examen ? On aurait dit des papillons qui essaimaient par dizaines… Ils étaient restés enfermés des semaines au creux de mon estomac.

— Moi, c'est la saveur du pudding à la rose de maman. J'en garde le goût sur mon palais jusqu'à aujourd'hui."

Après nous nous sommes promenés. J'étais fière comme une petite fille de lui montrer notre quartier, la ville que nous habitions. Tout m'amusait. L'air étonné qu'il posait sur les gens, sur les rues, ses questions… J'ai eu beau lui répéter que la ville avait été littéralement coupée en deux pendant des années par le mur de Berlin. Il ne comprenait pas de quoi je parlais. Dans le métro, j'ai noué mes doigts entre les siens. Les deux femmes emmitouflées dans leurs manteaux qui nous faisaient face ne nous quittaient pas des yeux. Je suis sûre qu'elles se sont imaginé que nous étions amants. Comment auraient-elles su que nous étions jumeaux et que notre histoire avait commencé bien avant que lui et moi nous n'arrivions sur cette planète ?

Quand Ahmad est rentré, les cousins se sont embrassés avec émotion. Il a tapé Faiz sur l'épaule et ils sont allés s'asseoir près du guéridon où étaient mes cailloux. Dehors la bruine redoublait, mêlée de flocons qui tournoyaient vers le sol. Plus tard, ils sont sortis au bar, là où Ahmad rencontrait des gens du pays. »

***

25

« Faiz et moi, nous remontions les lacets d'un sentier qui n'en finissait pas de s'enrouler sur lui-même. "Ces années où nous étions à des milliers de kilomètres les uns des autres, je ne les compte même plus..." Il s'est dirigé vers la fenêtre. Son regard fuyait en bas vers la rue, qui étincelait sous la neige. Il s'est retourné vers moi.

"Ton mariage... Ta vie ici ?"

Et le tsunami du passé a déferlé. "C'était avant qu'il aurait fallu t'en inquiéter. Tu ne crois pas que c'est un peu tard pour me demander ça ?" Il s'est figé d'un seul coup. Je me suis efforcée de me contrôler, de retrouver mon calme.

"Excuse-moi... Je suis désolée.

— Mais je n'aurais pas dû te dire ça. Par respect pour toi... pour lui aussi."

Alors je lui ai raconté notre traversée dans les montagnes, l'exil, la solitude, la mémoire impossible à partager. Et la langue étrangère qui vous rejette à chaque syllabe. Sans arrêt, elle vous fait buter sur des cailloux coupants comme le verre.

Il a tendu sa main vers la mienne. Une fraction de seconde, je me suis raidie. Il fallait attendre que les flots se brisent sur la grève. Non, je ne laisserais pas l'obscurité remporter la victoire. Pas après ce que nous avions vécu… Je l'ai regardé et ses doigts se sont enveloppés autour des miens.

Les paupières baissées, comme si trop de lumière allait l'aveugler, il a parlé à son tour. Les graines rouges que nous ramassions à l'entrée de notre maison n'avaient servi à rien, ni pour nos parents ni pour lui. Avec patience, il avait vendu des fruits secs, comme les kabuliwalahs d'hier et d'aujourd'hui. Dès qu'il a eu réuni assez d'argent, il s'est remis en route jusqu'à Cochin. Pas une seule fois, il n'a songé à pousser vers notre maison, à une quarantaine de kilomètres. Autant garder intactes les images qui l'accompagnaient depuis toujours. Il a marché des heures sur le front de mer, où d'épais nuages semblaient près de sombrer. Il a rejoint l'enfilade des grands filets de pêche chinois. Gamin, il avait tant aimé les regarder. Que sortirait-il de l'eau si longtemps après ? Les boutiques de Mattancherry l'avaient impressionné autrefois et elles lui paraissaient étriquées. Plusieurs avaient été rachetées par des brocanteurs prêts à toutes les courbettes pour attirer l'œil des touristes sur leurs babioles. Lui, il les aurait jetées à la poubelle. Le salopard, il a fini par le retrouver. Il avait cru chercher une aiguille dans une botte de foin. Et ç'aurait été sans doute mieux pour lui qu'il n'y arrive pas. Comment ce type aurait-il reconnu Faiz après toutes ces années ? On était en pleine mousson. Un paquet d'eau l'a précipité à l'intérieur de l'officine, sans qu'il ait le temps de se poser plus de questions. L'homme avait pris de l'embonpoint à se nourrir de la misère des autres. Il s'est frotté les yeux en bâillant bruyamment. Puis, il s'est redressé, alléché par une nouvelle proie qui approchait. Il n'avait donc jamais cessé de compter les liasses de billets entre ses gros pouces. Lorsque Faiz s'est présenté, l'homme a rétorqué : "Et alors ? Si tu crois que je me rappelle..." Il n'a même pas fait mine de compatir. Il a juste eu un gros rire qui remontait des profondeurs de sa poitrine. Et Faiz a perdu le contrôle de lui-même. Il a attrapé une batte de cricket posée contre le mur. L'homme avait le cuir épais dans tous les sens du terme. Il résistait au déluge de la rage de Faiz. Alors il a senti sous ses doigts le couteau de poche qu'il avait coutume de porter sur lui, Dieu sait pourquoi. Son bras tremblait, comme celui de papa, le jour où nous avons tout perdu. Mais quelle idée d'avoir ça sur lui ! Le destin, ça tient à si peu de chose parfois ! Des gens alertés par les cris ont accouru. Un voile couleur sang lui brouillait le regard, alors que déchaîné, il lacérait l'homme à tour de bras. Gâcher ainsi sa vie pour un couteau !

Des années, Faiz a revisité dans sa mémoire le souvenir des manœuvres endormis pour une sieste, au bord de la rivière. Étendus sur le muret, ils étaient enveloppés de leur dhoti et le ciel éclairci de toute pluie était grand ouvert au-dessus d'eux. Lui, il s'éloignait, menotté à l'intérieur du fourgon qui le conduisait en prison. L'avocat a eu beau plaider qu'un couple de paysans s'était suicidé, poussé au désespoir par un usurier dont la brutalité était notoire. Personne n'a le droit de se rendre justice soi-même et encore moins de prendre la vie d'autrui, avait tranché le juge. Ainsi le jour de mon mariage, Faiz croupissait dans une cellule. C'est moi qui lui étreignais la main maintenant. J'aurais réussi à le calmer, si j'avais été là près de lui à Cochin.

"Tu te souviens de ces constellations dont papa expliquait qu'elles permettaient de ne pas se perdre sur les océans ou dans les déserts ? Vues d'ici, ce sont de petits bouts de lumière. Elles n'ont pas plus d'épaisseur que nos pensées. Pourtant leur beauté est époustouflante." Faiz se taisait. "Si on s'est égarés, on a retrouvé notre cap." J'ai souri. Les nuages de neige à la fenêtre ne s'entrebâilleraient ni pour la lune ni pour les étoiles ce soir. Leur grisaille exaltait la blancheur de la ville et de ses rues. »

***

26

Je me suis dirigée vers la salle de bain. L'eau de la douche crépitait, chaude et bienfaisante. Ce besoin que Meena avait eu de me parler presque toute une nuit, j'en prenais enfin la mesure. J'avais lu dans les journaux des récits de gens réduits au désespoir, après avoir emprunté de l'argent à des rapaces. J'ai repensé au destin de Faiz, à ce que Meena appelait le kismet. Le miroir devant moi était couvert de buée. J'y distinguais à peine mon visage.

Un début d'angine m'a saisie au milieu de la nuit.

Je venais de rêver de mon père, de la maison familiale déserte. Je l'avais fermée à clef pour de bon, seulement quelques jours auparavant. Une odeur rance collait à mes doigts poudrés de poussière. Je ne pouvais me résoudre à les laver. Ces bribes d'une époque qu'il m'appartenait de clore, je refusais de m'en défaire. En les effaçant, le savon et l'eau m'infligeraient une autre perte. Des sanglots me nouaient la gorge. Affolée, je m'apercevais que j'avais oublié de nourrir le chat de mes parents. Avec un peu de chance, le soupirail de la cave serait entrouvert. Le vieux matou au pelage miteux se dénicherait seul sa pitance. Comment avais-je pu oublier qu'il était là dans la maison ? Je me suis redressée dans mon lit. J'ai avalé un comprimé de paracétamol et ma fièvre est tombée. Le vieux matou était bien mort. À des années-lumière de cette chambre d'hôtel, la maison de mes parents était désormais dépeuplée. Son cœur avait cessé de battre.

Avec dédain, le garçon posté à l'entrée du restaurant m'a orientée vers un couloir aux murs défraîchis. La pièce était d'une austérité spartiate. Ce n'était certainement pas la salle à manger du paquebot où mon père enfant avait croisé une maharani dont il se plaisait à me décrire le somptueux sari, brodé de pierres précieuses. Il n'avait plus revu en Europe ni maharanis ni maharajahs. Il sortait de la pension où il grelottait de froid en hiver, tous les deux ans, lorsque ses parents revenaient d'Inde pour des vacances. La serveuse m'a apporté une assiette avec quelques toasts cartonneux. Le café était insipide.

Meena m'a bientôt rejointe. Nos chemins allaient se séparer. Nous savions l'une et l'autre ce qu'il y aurait d'inachevé au moment des adieux. La lumière du jour exaltait la pâleur de ses traits. Était-ce la fatigue ? Ou l'appréhension de terminer son périple et de rejoindre ce père à qui elle n'avait pas parlé depuis une éternité ?

« Il y a une chose que je ne vous ai pas dite. » Une note rauque assourdissait sa voix.

« Mes parents et mon mari ignorent ce qui est arrivé à Faiz. Je suis la seule au courant. Et vous êtes la seule à qui j'en ai parlé. Faiz ne me le pardonnerait pas, s'il l'apprenait. Mon père est âgé et malade. J'ai si peur de faire une gaffe. Cela l'achèverait à coup sûr. Vous, vous n'avez connu que de la douceur et le moindre détail concernant votre père vous attendrit, comme s'il était votre enfant. Moi, je ne suis pas sûre de réussir à me taire. »

J'ai secoué la tête, un peu éberluée.

« Mais si, vous allez y arriver. Vous en avez déjà franchi, des obstacles. Vous le ferez, pour votre père. Pour votre frère aussi.

— Et il n'y a pas que Faiz et ses années de prison, parce qu'il s'est improvisé justicier de la famille. Bien sûr, je veux revoir mon père. Je suis un être humain, de chair et de sang, comme tout le monde. Mais si je traverse une partie de la planète, c'est aussi parce que j'ai une question à lui poser. Il faut que je sache pourquoi il m'a interdit de poursuivre mes études. Comment cet homme qui aimait la musique et la beauté a-t-il pu ? Lui qui me parlait d'étoiles et d'astrolabes. Faiz aurait retourné la terre entière pour me dissuader de partir. L'idée de cette confrontation l'angoisse terriblement. Il déteste les conflits. Nous en avons discuté des heures à coups de verres de chai, jusqu'à ce qu'il se résigne.

Mon père, je l'ai vu écouter des chansons, s'émouvoir des vers d'un poète. Je crois même qu'il lui arrivait d'essuyer une larme. Oui, je suis allée manifester à son insu. Et je n'étais pas la seule. Nous étions toutes descendues dans la rue. Les images de mon retour à la maison ne se sont jamais effacées. Mon sarrau raidi par le sang séché. Mon foulard maculé de rouge. Nassima, j'en ai des cauchemars jusqu'à aujourd'hui. Son corps aussi léger qu'un bouquet de fleurs… L'énergie qui nous porte depuis la naissance, c'était donc si fragile. Rien qu'une seconde suffit pour qu'elle disparaisse.

Peu après, mon père a arrangé mon mariage. Ni Ahmad ni moi, nous n'avons été consultés. Comment réagit le père d'une fille, si son pays est en guerre ? J'accepterais peut-être mieux ce qui s'est passé, si le mien avait jugé qu'il me mettait à l'abri en me mariant à mon cousin. Si au moins, il avait pris la peine d'en discuter avec moi.

Sera-t-il encore vivant à mon arrivée ? Ces agonies auxquelles j'ai assisté à l'hôpital, les signes avant-coureurs, je ne m'y trompe plus, depuis que je suis aide-soignante. J'ai tellement besoin qu'il me réponde. »

***

27

Nous étions dans le lobby avec nos bagages. Un bouquet d'arums artificiels nous isolait des voyageurs en train de régler leur note à la réception. Un chant d'oiseau a retenti dans le sac de Meena. J'aimais les sonorités de la langue inconnue qu'elle parlait maintenant. « C'était Faiz, il s'inquiète. » Elle a dégagé une mèche de cheveux qui balayait son front. Elle n'était pas sûre de pouvoir l'appeler de la ville où habitaient leurs parents. Elle lui enverrait un texto dès l'atterrissage à Kaboul.

« Plus nous discutons, plus je pense à une histoire que j'ai lue dans un magazine. Un jour, deux femmes très âgées se sont présentées à l'ambassade de Grande-Bretagne à Kaboul. Elles devaient avoir plus de quatre-vingts ans. On était en 1923. Rien, absolument rien en apparence ne les différenciait des montagnardes de chez nous. Ni leur manière de s'habiller, ni la langue dans laquelle elles s'exprimaient. Elles étaient revêtues d'étoffes aux broderies chatoyantes. L'ambassadeur a eu bien du mal à démêler leur récit. Il a fait répéter l'interprète pour s'assurer qu'il ne se trompait pas. L'armée britannique a été quasiment anéantie dans la passe de Khyber au milieu du XIXe siècle. Eh bien, ces femmes étaient dans la colonne en déroute parmi des civils. Leurs parents avaient été tués. Les deux fillettes s'étaient blotties près des corps sans vie, sur le champ de bataille encombré de congères. Des cavaliers Ghilzai, alertés par leurs pleurs, se sont approchés. Après les avoir enveloppées d'une couverture, ils les ont emmenées chez eux. Les femmes de la tribu les ont adoptées et élevées selon les usages. Parvenues à un âge très avancé, elles ont éprouvé le désir de voir des Britanniques et d'entendre la langue de leurs parents. Elles se sont rendues à Kaboul où elles ont beaucoup insisté pour que l'ambassadeur leur accorde une audience. Ainsi, elles rencontreraient quelqu'un du pays où elles auraient vécu, si leurs parents n'étaient pas morts dans la passe de Khyber. Ému et embarrassé, il leur a demandé si elles souhaitaient quitter l'Afghanistan. Il pourrait peut-être les mettre en contact avec un membre de leur famille en Grande-Bretagne. Se rappelaient-elles un nom, une adresse ? D'une seule voix, elles répliquèrent que non. Elles avaient obtenu là tout ce qu'elles cherchaient. Grâce à lui, elles avaient rejoint un fragment de leur histoire et la trace du pays qui continuait d'exister ailleurs, très loin de chez les Ghilzai. Et c'était infiniment précieux pour elles. Sans donner plus de détails sur le village de montagne où elles s'en retournaient, elles ont pris congé. L'ambassadeur n'a plus jamais entendu parler d'elles. Je crois que nous avons tous besoin de savoir qui nous sommes, même s'il faut pour ça traverser des océans et des continents. Ce peut être la couleur d'un paysage, la musique d'une langue, ou la réponse à une simple question. »

***

28

Le paysage était une suite de rocades et d'immeubles ultramodernes, baignés par une lumière crue. Contours acérés et formes futuristes se dressaient contre le ciel. Il y avait dans ces vitres fumées et le gris des façades une dureté qui fermait les perspectives. Où était le passé ? Où était la vie, avec ses hésitations, ses bifurcations ? Bientôt j'ai aperçu la mer et un liseré de sable clair. L'infinie gamme des bleus s'y effaçait et se recomposait au prisme de l'onde. Les strates d'un monde qui m'était bien plus proche s'offraient à ma vue au détour de la voie rapide. Des barques de pêche étaient amarrées sur le rivage. Les pêcheurs étaient-ils allés manifester sur la route de l'aéroport ? Ils avaient dû renoncer à leurs aspirations à un monde meilleur et revenir à leurs filets, si bien sûr ils ne comptaient pas parmi les morts ou les incarcérés.

Meena s'est exclamée gaiement : « Les portes pour le vol de Kaboul et celui de Chennai sont l'une à côté de l'autre. On va être ensemble jusqu'au départ. » Après que nous avons franchi la police des frontières, Meena s'est dirigée vers les toilettes. Elle en est ressortie, drapée de vert, comme la veille au soir. Elle m'a jeté un coup d'œil complice, teinté d'une légère espièglerie. Dans la salle d'embarquement, nous nous sommes posées sur une banquette qui donnait vers le tarmac. Elle m'a montré des photos de son mari, de son frère, des hommes aux traits austères. Lorsqu'on a appelé les passagers de l'avion pour Kaboul, elle m'a serrée longtemps entre ses bras, puis nous nous sommes embrassées. Son voyage serait une suite d'obstacles tous plus ou moins dangereux. Les routes étaient gelées, et partout pèseraient les incertitudes d'une guerre qui était loin d'être terminée. La tête et les épaules très droites sous l'étoffe qui l'enveloppait, elle a disparu dans le flot des voyageurs. J'ai attendu qu'il n'y ait plus personne. Comme si elle allait revenir, parce qu'elle avait oublié de me dire quelque chose. Mais les derniers passagers étaient montés à bord.

Une galerie vitrée courait face au siège où j'attendais mon tour d'embarquer. Des Indiens descendaient de leur avion, habillés de fines cotonnades rehaussées d'élégantes écharpes. Une profusion de chemins, aussi cloisonnés que nous l'étions dans nos existences et nos préoccupations. Devant moi, il y avait le vide et ce qui reste sans réponse après les départs. J'ai pensé à l'écran où je suivrais le vol de l'avion, à ces zones qui s'éclairaient ou s'assombrissaient selon l'heure et le lieu. Comme les vies se croisent, l'espace d'un éclair, bref et intense.

***

I have no sleep tonight. Ever and again I open my door and look out on the darkness, my friend!
I can see nothing before me. I wonder where lies thy path!
*By what dim shore of the ink-black river, by what far edge of the frowning forest, through what mazy depth of gloom art thou threading thy course to come to me, my friend!**

Rabindranath Tagore

Je n'ai pas sommeil cette nuit, mon ami. À tout moment j'ouvre ma porte et je scrute les ténèbres.
Je ne distingue rien devant moi, et je doute où passe ta route !
Sur quelle obscure rive du fleuve d'encre, sur quelle distante lisière de la menaçante forêt,
à travers quelle perplexe profondeur d'ombre,
cherches-tu ton chemin pour venir à moi,
*mon ami ?***

* Poème traduit du bengali par Rabindranath Tagore.
** *L'Offrande lyrique*, traduit de l'anglais par André Gide, Gallimard, 1971.

29

La terrasse était nichée au milieu d'arbres immenses. La clameur des oiseaux ouvrait mille espaces autour de moi. Je distinguais à travers les feuillages exubérants les contours d'une maison qui devait être très ancienne. Elle ressemblait à celles qui m'avaient fascinée dans certains films de Satyajit Ray. Ses teintes passées, sa façade rongée, portaient une histoire vieille de plusieurs dizaines d'années. Une succession de moussons et de saisons chaudes n'avait cessé de la ressasser, pour qui aurait envie de la lire. Si je m'en approchais, je déchiffrerais les récits d'époques révolues, dont l'une était celle de mes grands-parents et de mon père. Ils seraient peuplés de personnages, peut-être très semblables à ceux que décrit un étrange instituteur assis sur les marches d'une bâtisse abandonnée dans *Les bijoux perdus*, l'adaptation d'une nouvelle de Rabindranath Tagore. Je glissais à l'intérieur d'un nouvel espace, où le temps n'existait plus, où figures imaginaires et familiales me côtoyaient et me hantaient. Je perdais pied, saisie de tournis.

Mon téléphone a bipé. Meena m'écrivait que son père était dans le coma. Ce qu'elle avait murmuré à son oreille, elle ne saurait jamais s'il l'avait compris. Juste qu'elle lui avait parlé. Avec la franchise qu'elle aurait eue, s'il n'avait pas été dans cet état. Il ne saurait rien de ce qui était arrivé à son fils dans le Kerala. En post-scriptum, elle ajoutait qu'elle avait retrouvé dans son expression le visage de l'homme qui aimait la musique et lui parlait d'étoiles. Curieusement, l'autre s'était évanoui. Il lui semblait qu'il avait étreint ses doigts alors qu'elle se penchait au-dessus de lui.

J'ai reposé ma tasse de chai parmi quelques miettes de dosa. Avant mon départ, j'avais scanné des photos qui appartenaient à mon père. Ses plus vieux souvenirs étaient ancrés dans ce pays. Il devenait évident que ses racines étaient ici et qu'elles n'avaient pas voulu prendre ailleurs. Je n'avais rien dit de tout ça à Meena. Son récit m'avait complètement happée. Mais je lui avais montré le collier, après l'avoir tiré de son enveloppe froissée et jaunie. En saisissant ma tablette, j'ai compris que je n'aurais pas eu la force d'ouvrir ces photos, si je ne les avais pas évoquées la veille avec elle.

La luminosité avait aplani ces images, à mi-chemin entre la surexposition et l'usure du temps. Je crois que j'ai choisi celle-là par hasard. Elle est apparue sur l'écran avec une taille qu'elle n'avait pas sur le papier. Une plage déserte s'y étendait, bordée d'arbres tropicaux. Le garçonnet en barboteuse était seul à patauger dans l'eau. Il portait un chapeau, ce topi sans lequel il n'aurait pas eu le droit de sortir, de crainte d'une insolation. Mon père clignait des yeux, ébloui par le soleil. Je devinais, au-delà de sa rondeur enfantine, l'homme qu'il deviendrait plus tard. Sa détermination était là, perceptible dans la mâchoire et l'expression de ses lèvres. La petite silhouette debout dans la mer s'amusait du courant auquel elle résistait de toutes ses forces. Elle était têtue et décidée, comme l'homme que j'avais connu. Il avait été ici. Puis là-bas. Sa présence m'était familière, bien que je n'aie jamais croisé cet enfant-là.

Accroupie sur le sable, à quelques pas, une jeune femme l'observait avec vénération. L'ayah de mon père, bien sûr. Son sari était baigné de clarté. Était-il blanc ou d'une autre couleur très pâle ? Ses cheveux étaient rassemblés en un impeccable chignon qui s'arrondissait sur sa nuque. Son avant-bras retombait le long de sa cheville. Ses bracelets avaient glissé jusqu'à la jointure de son poignet. Mes doigts sur les bords de la tablette allaient le toucher. La grandeur qu'avait la photo, maintenant qu'elle était scannée, révélait un collier autour du cou de la jeune femme. Il était invisible sur l'original que mon père avait gardé toutes ces années à l'intérieur d'une boîte à chaussures. J'ai agrandi l'image au maximum. Oui, je croyais bien reconnaître le collier. Je l'ai sorti de mon sac. J'étais sûre que, s'il ne s'agissait pas de ce bijou, il lui était très semblable. Mon père n'avait jamais revu son ayah. Mais il l'évoquait très souvent. Les tigres ne mangent pas les étoiles, lui disait-elle pour le rassurer. S'il l'avait répétée cette phrase… Ma main s'est refermée sur le cordonnet et le médaillon à l'intérieur de ma paume. Le ciel du matin au-dessus de moi n'était plus qu'immensité. Meena m'avait dit que les choses, c'était comme les morceaux d'un puzzle. Ils prenaient leur place au moment où on s'y attendait le moins.

***

De la même autrice

ROMANS

Tunisian Yankee, Elyzad, 2016. Prix Afrique méditerranéenne Maghreb de l'ADELF 2016. Nominé pour le Prix Joseph Kessel 2017.

L'atelier des Strésor, Elyzad, 2012. Mention Prix franco-indien Gitanjali 2012. Prix littéraire de la Bastide 2013.

Les racines du mandarinier, Paris-Méditerranée, 2001. Elyzad poche, 2016.

Le café d'Yllka, Elyzad, 2008. Prix littéraire européen de l'ADELF 2009.

Plus loin que la nuit, L'Aube, 2007. Chèvre-Feuille Étoilée poche, 2010.

Un jardin à La Marsa, Paris-Méditerranée, 2003. Prix des bibliothèques du Finistère 2005.

Une odeur de henné, Paris-Méditerranée, 1999. Elyzad poche, 2012. Prix Grain de Sel 2013.

NOUVELLES

Like birds in the sky, Red River, Delhi, 2024.

La transe, Jean-Pierre Huguet éditeur, 2008.

Fibules sur fond de pourpre, Le Bruit des Autres, 1995.

RÉFLEXIONS, PROSES POÉTIQUES

Tunisie, carnets d'incertitude, Elyzad, 2013. Nominé pour le Grand Prix de Poésie de la SGDL 2014.

À fleur de mots, la passion de l'écriture, Chèvre-Feuille Étoilée, 2004.

POÉSIE

Séisme, peintures de Daphné Bitchatch, livre pauvre, Daniel Leuwers, 2023.

La ronde des nuages, avec des peintures de J.M.W. Turner, La Tête à l'envers, 2022. Sélectionné pour le Prix international de poésie francophone de Montréal 2023.

Mémoires inconnues, encres de Liliane-Ève Brendel, La Tête à l'envers, 2019. Finaliste du Prix Mallarmé 2019.

Marcher loin sous les nuages, collection Poèmes du monde, APIC, 2018.

Enjamber le fleuve, encres de Myoung-Nam Kim, livre pauvre, Daniel Leuwers, 2016.

Passeurs de rives, encres de Myoung-Nam Kim, La Tête à l'envers, 2015.

Poussières de collines, livre d'artiste, Wanda Mihuelac, collection Livre-ardoise, Transignum, 2015.

La nudité des pierres, Al Manar, 2013.

Cités d'oiseaux, monotypes de Luce Guilbaud, La Lune bleue, 2011.

Temps solaire, gravures de Myoung-Nam Kim, Voix d'encre, 2009.

Jeune femme à la terrasse, peintures de Julius Baltazar, livre d'artiste, Al Manar, 2009.

Au miroir de nos pas, Encres Vives, 2008.

Demeures de mots et de nuit, peintures de Myoung-Nam Kim, Voix d'encre, 2008.

Chants d'herbe vive, dessins de Liliane-Ève Brendel, Voix d'encre, 2003.

Des sentiers pour l'absence, Le Bruit des Autres, 1998.

Vers Lisbonne promenade déclive, Encres Vives, 1997.

Loin de l'envol de la palombe, La Bartavelle, 1996.

À l'abside des hêtres, Froissart, 1995. Prix Froissart 1995.

À découvrir aussi dans la collection Littérature

Théo Ananissoh, *L'Invitation*

Ali Bécheur, *Chems Palace*

Ali Bécheur, *Petites pièces pour un puzzle*

Tahar Bekri, *Salam Gaza*

Kamal Ben Hameda, *La Compagnie des Tripolitaines*

Beyrouk, *Je suis seul*

Beyrouk, *Le Silence des horizons*

Beyrouk, *Saara*

Philippe Cuisset, *Il y a une jolie fleur non loin de Tirana*

Eva Dézulier, *Les Nuits prodigieuses*

Azza Filali, *Malentendues*

Kamil Hatimi, *La Houlette*

Jadd Hilal, *Le Caprice de vivre*

Ilf-Eddine, *La Dernière ronde*

Yasmine Khlat, *Égypte 51*

Yasmine Khlat, *Cet amour*

Yasmine Khlat, *La Dame d'Alexandrie*

Emilienne Malfatto, *Que sur toi se lamente le Tigre*

Yamen Manai, *L'Amas ardent*

Saber Mansouri, *Sept morts audacieux et un poète assis*

Saber Mansouri, *Paris est une dette*

Hassouna Mosbahi, *Pas de deuil pour ma mère*

Cécile Oumhani, *Tunisian Yankee*

Leïla Sebbar, *L'Orient est rouge*

Anne-Christine Tinel, *Malena, c'est ton nom*

À découvrir aussi dans la collection Littérature

Théo Ananissoh, *L'Invitation*

Ali Bécheur, *Chems Palace*

Ali Bécheur, *Petites pièces pour un puzzle*

Tahar Bekri, *Salam Gaza*

Kamal Ben Hameda, *La Compagnie des Tripolitaines*

Beyrouk, *Je suis seul*

Beyrouk, *Le Silence des horizons*

Beyrouk, *Saara*

Philippe Cuisset, *Il y a une jolie fleur non loin de Tirana*

Eva Dézulier, *Les Nuits prodigieuses*

Azza Filali, *Malentendues*

Kamil Hatimi, *La Houlette*

Jadd Hilal, *Le Caprice de vivre*

Ilf-Eddine, *La Dernière ronde*

Yasmine Khlat, *Égypte 51*

Yasmine Khlat, *Cet amour*

Yasmine Khlat, *La Dame d'Alexandrie*

Emilienne Malfatto, *Que sur toi se lamente le Tigre*

Yamen Manai, *L'Amas ardent*

Saber Mansouri, *Sept morts audacieux et un poète assis*

Saber Mansouri, *Paris est une dette*

Hassouna Mosbahi, *Pas de deuil pour ma mère*

Cécile Oumhani, *Tunisian Yankee*

Leïla Sebbar, *L'Orient est rouge*

Anne-Christine Tinel, *Malena, c'est ton nom*

Composition : Elyzad

Cet ouvrage a été achevé
d'imprimer en mars 2024
par Présence Graphique
à Monts (France)
pour le compte des éditions Elyzad

Dépôt légal : avril 2024
ISBN 978-2-494463-16-5
N° d'impression : 042478256